KB155331

문재인
스토리

문재인
스토리

함민복 · 김민정 엮음

모악

가만히 있지 않겠다

어떤 사람에 대해 제대로 알지 못했을 때 얼마나 비극적인 일이 벌어지는가를 우리는 지금 똑똑히 경험하고 있다. 그런 잘못을 다시는 되풀이 하지 않기 위해서라도 우리는 우리의 운명을 결정할 사람에 대해 꼼꼼하게 살필 의무와 책임이 있다.

처음 문재인을 주목하게 된 건 오래 전 작은 기사 때문이다. 그 기사는 문재인과 어느 시인의 만남을 소개하고 있었다. 그 기사에 의하면, 문재인은 그 시인의 신춘문예 당선 시를 정확하게 기억하고 있었다. "예전에는 신춘문예 당선작을 일부러 찾아보고 그랬지요." 하며 문재인이 '쑥스러운 미소를 지었다'고 했다. 단박에 그가 마음에 들었다. 신춘문예 당선

책을 찾아 읽는 정치인이라니!

잘못 알려진 정보로 인해 사람에 대한 평가가 왜곡되고 절하되는 경우도 있다. 문재인만 해도 그렇다. 잊을 만하면 '종북이다' '사상이 위험하다'는 식의 근거 없는 얘기가 흘러나온다. 특히 선거 때만 되면 온갖 중상모략이 판을 친다. 그것이 늘 불만이었는데, 이번에는 가만히 보고만 있으면 안 되겠다고 생각했다. 작은 힘이나마 보태기로 했다.

이 책을 기획한 건 작년 가을 문화계에 '블랙리스트'가 있다는 말이 떠돌기 시작할 무렵이다. 그 얘기를 처음 들었을 땐 반신반의했다. 국민 화합을 이루어야 할 정부가 블랙리스트를 만들다니, 잘못 알려진 거겠지. 그럴 리가……. 그러나 그게 사실이라는 정황이 하나둘 나타나더니 결국 추악한 얼굴이 드러났다.

문화는 어떤 집단이나 무리의 정신과도 같은 것이다. 그에 종사하는 사람들을 특정한 잣대로 평가하고 분류한다는 건, 인간의 정신을 마음대로 조종하겠다는 것과 다름없는 발상이다. 이는 좌와 우, 진보와 보수의 구분을 떠나 인간이라면 함께 분노하고 항의해야 할 일이다.

'문화계 블랙리스트'와 같은 어처구니없는 일이 일어나는 걸 막기 위해서라도, 문화와 예술을 존중까지는 아니어도 어느 정도 이해하는 사람을 우리는 선택해야 한다. 그래야 우리가 편하고 나라가 편안해진다.

잘 모르고 선택을 하는 것도 문제지만, 잘못 알고 선택을 하는 것도 문제다. 어떤 사람을 제대로 파악하기 위해서는 그가 한 말이나 행동, 지금까지 걸어온 길을 잘 살펴봐야 한다. 그런데 그 사람을 24시간 쫓아다닐 수 없는데 그 사람의 면모를 어떻게 속속들이 알아낼 수 있겠는가. 그럴 때는 그를 오랫동안 알고 지내온 주변 사람의 말을 들어보는 것도 하나의 방법이다.

이 책은 문재인과 이런저런 인연을 맺었던 이들의 사연을 모은 것이다. 어릴 적 친구, 학교 동창, 군대 동기, 이웃에 살던 사람, 함께 일했던 동료, 사회에서 만난 지인 등 다양한 목소리가 담겨 있다. 재미있는 이야기도 있고 감동적인 내용도 있고 엉뚱한 일화도 있다. 그렇게, 작은 모자이크 조각들이 모여 '문재인'이라는 커다란 그림을 완성하고 있다. 그 그림을 통해 우리는 문재인이 어떤 사람인지, 속이 꽉 찬 사람인지 가슴은 따뜻한 사람인지 말과 행동이 일치하는 사람인지

남을 속이지 않고 살아온 사람인지를 알아낼 수 있을 것이다. 우리의 미래를 책임질 능력과 뚝심과 인간미를 갖춘 사람인지 판단할 수 있을 것이다.

'문재인 스토리'는 지금도 여전히 진행 중이다. 문재인과, 그를 아끼고 사랑하는 익명의 수많은 시민이 그 스토리를 만들어가는 주인공들이다. 그 아름다운 이야기를 여기 언어의 실과 바늘로 엮어 한 권의 책으로 내놓는다.

2017년 설 즈음에
「모악」편집부

차례

1부 나는 너를 사랑한다

3부 어느 봄날의 선물

4부 아름다운 인연, 아름다운 사람

1부

나는 너를 사랑한다

문 선배, 내 차는 어쩌라고

문재인의 스킨스쿠버 실력은 수준급이다. 특히 산소통 없이 자연 호흡만으로 잠수하는 프리 다이빙에 능했다. 보통 사람들은 20여 분 만에 지쳐버리는데 그는 좀처럼 지치지 않는 강골이었다. 문재인의 경남고등학교 후배 배경조 씨는 그와 함께 종종 스킨스쿠버를 즐기곤 했는데, 지금도 그 무렵 있었던 한 사건을 떠올리면 억울하다는 생각이 든다.

그날은 문재인과 배경조 씨 일행이 거제도의 입수 포인트를 향해 가는 중이었다. 일행이 많아 차 두 대에 나눠 탔다. 배경조 씨가 운전하는 차에 문재인이 동승했다. 일행은 스킨스쿠버를 앞두고 조금 들떠 있었다. 누군가의 농담에 유쾌한 웃음이 차안을 가득 채웠다.

차가 거제도에 들어선 지 얼마 되지 않았을 때였다. 도로는 한적했다. 차창 밖으로 스쳐 지나가는 풍경은 아름답기 그지없었다. 그런데 맞은편에서 달려오던 차가 갑자기 중앙선을 넘어 돌진해오는 게 아닌가. 미처 피할 새도 없이 충돌하고 말았다. 천만다행으로 다친 사람은 아무도 없었지만, 차는 크게 망가졌다. 배경조 씨는 마음이 확 상해버렸다.

"저게 뭘 잘못 묵었나, 중앙선을 저거 집 안방 문지방 넘듯이 하네?"

배경조 씨의 목소리가 커졌다. 그는 목과 허리를 주무르며 차에서 내렸다.

"여보쇼, 무슨 운전을 그따위로 하노! 남의 마누라 과부 만들 일 있나? 참말로 사람 잡을 양반이네!"

배경조 씨가 고함을 지르자 상대편 차의 운전자가 비틀거리며 내렸다. 혼이 반쯤 빠진 얼굴이었다. 말조차 제대로 하지 못하고 버벅거릴 뿐이었다. 그러거나 말거나, 배경조 씨는 한 치도 양보할 생각이 없었다. 보험 처리며 보상이며 야무지게 받아낼 심산이었다.

"우짤끼요, 버벅대지 말고 말을 해보소, 말을!"

"그게 아니고, 우리가 지금 낚시를 가는데……."

상대방은 제대로 말을 잇지 못하고 횡설수설했다. 요약하자면 이런 내용이었다. 갓 대우조선에 입사한 그가, 갓 결혼

한 아내와 친구 두 명과 함께, 갓 딴 운전면허를 소지하고, 비록 중고이긴 하지만 갓 산 차를 몰고 낚시를 가다가, 갓 시작한 운전이 너무 서툴러서 사고를 저지르고 만 것이었다.

사회생활을 갓 시작한 생 초보운전자라니, 배경조 씨의 화난 마음이 조금 가라앉았다. 하지만 망가진 차를 보니 도저히 그냥 넘어가기가 어려웠다. 왼쪽 앞바퀴를 심하게 부딪친 탓에 차의 프레임이 틀어져버려서 완전한 복구가 어려운 상태였다. 차라리 새 차를 뽑는 게 나을 지경이었다. 멀쩡하게 잘 굴러가던 차를 순식간에 폐차하게 생겼으니, 배경조 씨의 마음은 좀처럼 누그러지지 않았다. 그때였다. 곁에서 상대 운전자의 말을 듣고 있던 문재인이 나섰다.

"이야기를 들어보니 사회초년생인 모양인데, 더구나 최근에 결혼했다면 무슨 돈이 있겠노. 있는 것 없는 것 다 털어 넣었겠지. 억울하겠지만 그래도 형편 나은 자네가 인생 후배한테 부조한 셈치고 고마 넘어가자. 살다보면 손해 보는 일도 더러 생기는 거라 생각하시고."

문재인의 말이 끝나자, 배경조 씨는 더 이상 소리칠 힘도 그악스럽게 몰아붙일 마음도 사라져버리고 말았다. 그의 말이 맞았다. 살다보면 별의별 일을 다 겪기 마련이다. 평생 손해 보지 않고 살 순 없다. 억울한 일 없이 살 수도 없다. 인생이란, 알게 모르게 내가 남에게 입힌 손해와 내가 입은 손해가 서로 상쇄되면서 굴러간다는 걸 모르지 않는 그였다. 결국 배경조 씨는 상대 운전자를 그냥 보냈다.

그때를 떠올릴 때마다 배경조 씨는 문재인 선배의 말을 들은 건 잘했다고 생각한다. 물론 억울한 마음이 아주 없는 것도 아니었다. 망가진 건 내 차인데 왜 문재인 선배만 근사해 보이느냐 이거다. 그래서 배경조 씨는 한 마디 단단히 해두어야 속이 좀 풀리겠단다. 문 선배, 내 차는 어쩌라고!

교관을 물 먹인 훈련병

백덕봉 씨는 목포에서 태어나 목포에서 성장했다. 그는 특전사령부 예하 제1공수 특전여단 3대대 작전과 작전하사관으로 있을 때 문재인을 처음 만났다. 1975년 12월말 작전과 교육계원으로 배치된 문재인이 1978년 2월 전역할 때까지, 백덕봉 씨는 그와 같은 사무실에서 일했다.

백덕봉 씨와 같은 직업 군인이 많은 특전사에서 소수의 일반 병사들은 대부분 지원 및 행정 업무만을 담당한다. 일반 병사는 의무복무 기간이 지나면 전역을 하기 때문에, 감당하기 어려운 임무나 훈련은 좋아하지 않았다. 천리행군은 할 수 있어도 해상 훈련은 못하겠다고 타 부대로 전출하는 부사관이 있을 정도로 어렵고 힘든 게 고급 인명구조원(lifeguard)

훈련이다. 그런데 문재인 일병은 자진해서 고급 인명구조원 훈련을 지원했다. 당시 중사였던 백덕봉 씨는 그런 문재인을 극구 만류했다.

"군대 생활 너무 힘들게 하지 마라. 일반 병사들은 아무리 잘해도 인명구조에 넣어주지 않는다. 적당히 하다가 제대해라."

"하면 되지, 왜 일반 병사는 안 됩니까?"

자대 배치 전 6주간의 특수전 훈련 때 폭파과정 최우수 표창을 받았던 문재인은 자신만만하게 대꾸했다.

"네가 공수부대를 몰라서 그래. 특수전 훈련은 머리가 좋아서 어떻게 상을 받았다고 해도 해상 훈련은 안 된다."

백덕봉 씨의 만류에도 불구하고 문재인은 기어이 인명구조원 훈련에 지원했다. 그런데 하필 문재인이 배정받은 조의 교관은 대대에서 악명 높은 사람이었다. 교육생들을 괴롭히는 게 취미일 정도로 아주 고약했다.

훈련이 시작되자 그 교관은 특유의 악랄함을 발휘했다. 일반 병사였던 문재인은 교관의 좋은 밥(?)이었다. 교관은 구조용 대나무 막대기로 물속에 있는 문재인의 등이나 목을 마구잡이로 눌렀다. 바닷물을 잔뜩 들이마신 문재인이 보트를 붙잡으려고 버둥거릴 때마다 교관은 계속 물속으로 밀어 넣었다. 힘이 부친 문재인은 물속에서 축 늘어졌고 동료들의 도움을 받아 겨우 보트 위로 올라올 수 있었다.

훈련 둘째 날이었다. 교관은 그날도 보트를 타고 다니며 막대기로 교육생들을 물속으로 눌러댔다. 고통스럽게 허우적거리는 병사들을 보면서 교관은 혼자 즐거워했다. 이윽고 훈련 종료시간이 가까워져서 모두들 물 밖으로 나가려는데 갑자기 고함 소리가 들렸다. 자세히 보니 문제의 교관과 문재인이 물속에서 뒤엉켜 허우적거리는 게 아닌가.

고함을 지른 사람은 교관이었다. 교관의 횡포를 견디다 못한 문재인이 자신을 찌르는 대나무 막대기를 붙잡고 물속으로 확 끌어당겨버렸다. 갑작스런 반격에 교관은 그대로 물속으로 끌려 들어갔다. 문재인은 물에 빠진 교관의 허리를 껴안은 채 숨이 차오를 때까지 붙잡고 늘어졌던 것이다. 그 얘기를 들은 백덕봉 중사는 기가 막혔다.

"너 진짜 간 크다. 어쩌려고……. 하여튼 시원하다. 잘했어. 그런데 후폭풍을 어떻게 하지?"

문재인 일병의 대답이 가관이었다.

"교관님이 워낙 잘못했는데 뭐 별다른 일이 있겠습니까?"

그날 밤, 작전과 상황실 밖에서 웅성거리는 소리가 들렸다. 문재인과 함께 인명구조원 훈련을 받는 중사와 하사 서너 명이 PX에서 제일 비싼 연양갱 등을 사들고 온 것이었다. 그러고는 문재인 일병에게 한 마디씩 건넸다.

"야! 문재인 고맙다. 우리도 못했는데 시원하게 물 먹여줘서."

"하여튼 머리 좋은 놈이 배짱도 두둑하구나."

고급 인명구조원 훈련은 한 명의 낙오자도 없이 전원 합격으로 마무리 되었다. 그 교관은 문재인에 대해 아무런 말도 하지 않았다. 아마 새까만 일병에게 당했다는 게 창피했는지도 모른다. 아니면 문재인의 당돌한 패기에 감탄했는지도 모른다.

에어컨도 안 켜는 남자

카피라이터 정철 씨는 2012년 어느 여름날 오후를 잊지 못한다. 그날 정철 씨가 문재인의 집을 찾았을 때, 문재인은 막 샤워를 끝낸 모습으로 문을 열어주었다. 외부 일정을 마치고 조금 전 집으로 돌아왔다고 했다.

정철 씨가 문재인의 집을 찾은 건 책 때문이었다. 포토에세이 출간을 준비하고 있던 문재인은 출판사에 원고를 넘기기 전 정철 씨와 함께 최종 검토를 하자고 했다. 문재인은 글 하나하나를 다시 읽으며 문장을 더하고 빼고 다듬었다. 마지막 마침표까지 직접 찍는 모습을 보면서 정철 씨는 문재인의 꼼꼼한 성격과 완벽을 기하는 일 처리에 미더움을 느꼈다.

원고를 검토하던 거실은 무척 더웠다. 선풍기도 더위를 이기지 못하고 뜨거운 바람만 토해 내고 있었다. 정철 씨는 손수건으로 연신 땀을 훔쳐냈다. 그 모습을 본 문재인이 "많이 덥죠?" 하면서 방으로 들어가더니 선풍기를 한 대 더 들고 나왔다.

두 사람은 선풍기 한 대씩을 차지했지만, 한여름의 무더위를 물리치기엔 역부족이었다. 덥지 않다, 나는 덥지 않다, 정철 씨는 속으로 그렇게 다독이며 원고를 검토했다. 시간이 얼마나 흘렀을까. 겨우 원고를 마무리했을 때 몸 안의 수분이 모두 땀으로 빠져나간 것처럼 지쳐 있었다. 그때 문재인의 부인 김정숙 씨가 집에 돌아왔다. 거실 풍경을 본 김정숙 씨의 첫 마디는 이랬다.

"여보, 에어컨을 틀어야죠!"

그 순간 문재인의 반응을 정철 씨는 사진으로 찍어놓은 것처럼 선명하게 기억한다. 그제야 집에 에어컨이라는 물건이 있다는 게 떠올랐다는 듯 문재인이 자리에서 천천히 일어서더니 "아! 그럴까?" 하면서 에어컨을 켜는 게 아닌가!

"에어컨에 대한 문재인 전 대표의 정의는 이런 건지도 몰라요. 사람이 서넛 이상 모였을 때 켜는 물건!"

문재인은 아끼며 사는 게 몸에 밴 사람 같았다. 자신을 위해 돈 쓰는 것이 무척 서툰 사람처럼 보였다.

김정숙 씨는 애쓴 정철 씨를 위해 여름 보양식으로 으뜸인

장어 매운탕을 내놓았다. 매운탕에 소주가 빠질 수 없지. 그러면서 문재인이 내놓은 술을 보고 정철 씨는 또 한 번 놀랐다.

"그건 보통 크기의 소주가 아니었어요. 3홉들이 큰 병 소주였어요. 그걸 사면서 또 몇 백 원을 아꼈겠지요."

그날 무더위를 함께 견뎌낸 인연으로 문재인은 정철 씨가 책을 출간할 때 흔쾌히 추천사를 써주었다. 바쁜 일정 속에서도 구식 편지지에 육필로 써 준 추천사를 정철 씨는 아직도 지갑 속에 보관하고 있다. 문재인이 노무현 전 대통령의 유서를 지금도 지갑 속에 간직하고 있는 것처럼.

시궁창에서 건진 국수가닥

6주간의 훈련소 생활을 마친 문재인은 특전사, 이른바 공수
부대에 배치되었다. 공수 132기, 교번은 75번이었다. 자대로
가기 전 4주간의 공수 훈련을 받았다. 지상 훈련 2주, 막타워
훈련 1주, 실제 낙하(강하) 훈련 1주로 진행되었다. 훈련은 무
지막지했다. 10월 초순이었지만 한낮의 온도는 섭씨 30도에
가까워 온몸이 땀으로 흠뻑 젖었다.

　지상 훈련은 1.5m 높이의 단 위에서 뛰어내려 구르는 훈
련이었다. 체력단련을 위한 훈련인 만큼 조교들은 수시로 트
집을 잡아 팔굽혀펴기, PT체조(physical training), 선착순 구보
를 시켰다. 특히 팔 벌려 높이뛰기를 시킬 때면 큰 목소리로
횟수를 복창하게 했는데, 마지막 횟수는 복창하지 않는 게

규칙이었다. "100회 시작!" 하면 마지막 횟수인 '백'을 복창해서는 안 되는 것이다.

그런데 꼭 한두 명이 "백!" 하고 복창을 했다. 그러면 조교는 기다렸다는 듯이 "정신상태 불량. 200회 시작!"이라고 외쳤다. 절대로 그냥 넘어가는 법이 없었다. 어떻게든 트집을 잡아서 쉬지 못하게 했다.

그날도 오전 훈련이 거의 끝나가고 손꼽아 기다리는 점심시간이 가까워질 무렵이었다. "마지막으로 한 번에 끝내고 점심 먹으러 갑니다. 팔 벌려 높이뛰기 100회 시작!" 하고 조교의 명령이 떨어졌다. 병사들은 "하나!" "둘!" 열심히 구령을 붙이며 팔 벌려 높이뛰기를 시작했다.

마침내 아흔아홉 번째, 이제 마지막 '백'을 복창하지 않으면 점심을 먹을 수 있었다. 그때 "백!" 하는 소리가 들렸다. 다시 200회를 하라는 조교의 명령이 떨어졌다. 모두들 속으로 이번엔 절대로 실수하지 말아야지, 다부진 마음으로 열심히 복창했다.

"백아흔여덟!"

"백아흔아홉!"

다음 순간, "이백!" 소리가 났다.

"복창한 사람 관등성명 댑니다."

조교의 서슬 퍼런 명령이 떨어졌다.

"75번 이병 문재인!"

주변이 쥐죽은 듯 조용해졌다. 만약 조교가 400회를 실시하라고 하면 오늘 점심은 물 건너가는 것이었다. 그런데 조교 입에서 뜻밖의 말이 나왔다.

"뒤로 돌아! 저 앞에 개울 보입니까? 지금부터 저 개울에 들어가서 좌로 2회, 우로 2회 구른 후에 선착순으로 집합합니다. 실시!"

말이 개울이지 그곳은 남한산성 아래 종합행정학교에서 흘러나오는 시궁창이었다. 모두들 앞 다투어 뛰어가서 뒹구는데, 그 냄새가 무지하게 지독했다. 다시 집합했을 때는 서로의 몸에서 풍기는 악취 때문에 숨을 제대로 쉴 수 없을 정도였다.

"급수대에 가서 5분 이내로 씻고 집합!"

조원 모두 최대한 부지런히 씻었지만 냄새까지 지울 수는 없었다. 구보로 식당에 도착하니 다른 조는 벌써 식사를 마치고 나오는 중이었다. 다들 코를 감싸 쥐고 슬금슬금 피했다. 그때였다. 조원 모두가 문재인을 쳐다보았다. 불어터진 국수 한 가닥이 문재인의 귓바퀴에 걸려 있는 게 아닌가.

"야, 문재인. 점심으로 먹으려고 달고 왔냐?"

조원 하나가 놀리며 국수가닥을 떼서 건네주자 문재인은 씩 웃으며 그 국수가닥을 받아들었다. 그리곤 그걸 한동안 들여다보는 것이었다. 그런 문재인을 보며 동기들은 희한한 녀석이라고 한 마디씩 했다.

그날 밤, 막사에 돌아온 문재인은 자기 때문에 시궁창을 구르게 된 것에 대해 미안하다는 말을 잊지 않았다. 요즘도 문재인의 특전사 동기들은 모일 때마다 이런 말을 한다.

"재인이, 참 별난 놈이었어."

그녀의 안개꽃 한 다발

문재인에게 지금까지 살아오면서 가장 행복했던 순간이 언제냐고 물었다. 그는 아내와 첫 키스를 했을 때라고 답했다. 문재인이 그처럼 사랑하는 아내 김정숙 씨를 처음 만난 건 대학교 3학년 때였다. 경희대 법대는 매년 5월 초 '법의 날'에 맞춰 축제를 열었다. 축제 파트너를 구하지 못한 문재인은 친구를 통해서 김정숙 씨를 소개받았다.

경희대 성악과 신입생이었던 김정숙 씨는 프랑스 미남 배우 알랭 드롱을 닮은 사람이라는 말을 듣고 소개팅에 나갔다. 알랭 드롱이라는 말에 기대가 너무 컸던 걸까. 막상 만나보니 상상했던 모습과 많이 달라서 실망했다. 그러거나 말거나 문재인은 김정숙 씨와 축제를 즐겼다.

문재인은 김정숙 씨를 처음 봤을 때부터 호감을 느꼈다. 하지만 연락을 할 순 없었다. 학생운동에 한창 열을 올리던 때라 마음의 여유가 없었다. 교내에서 마주쳐도 서로 눈인사를 나누는 게 고작이었다.

그렇게 1년이 지났다. 1975년 4월, 서울대 농대 김상진 열사의 할복 사건 이후 반드시 유신정권을 무너뜨려야 한다는 목소리가 전국 대학을 휩쓸었다. 경희대 역시 총학생회 주관으로 유신 반대 시위를 계획했다. 총무부장이었던 문재인을 비롯해서 총학생회 간부는 모두 감옥에 갈 각오를 하고 시위를 주도했다.

그날, 학생처 집계로 5,000명이 넘는 학생들이 시위에 나섰다. 경희대생 전체가 7,000~8,000명일 때였으니 엄청나게 모인 것이다. 문재인은 태극기를 들고 대열의 선두에 섰다. 교문을 봉쇄한 경찰은 페퍼포그(다연발 최루탄 발사기) 차량을 앞에 놓고 시위대를 기다리고 있었다. 시위대가 교문으로 접근하자 페퍼포그 차량이 불을 뿜었다. 수백 발의 최루탄이 시위대를 덮쳤다. 선두에서 시위를 이끌던 문재인은 매캐한 최루가스를 정면으로 맞고 잠깐 정신을 잃었다. 잠시 후 깨어보니 누군가 물수건으로 그의 얼굴을 닦아주고 있었다. 김정숙 씨였다. 시위 행렬을 따르던 김정숙 씨는 선두에 있는 문재인을 지켜보고 있다가 그가 쓰러지자 달려온 것이었다.

시위가 끝난 뒤 문재인은 제 발로 걸어 경찰서로 향했다. 청량리 경찰서 유치장에 구속 수감되고 학교에서도 제적되었다. 며칠 후 김정숙 씨가 면회를 왔다. 구속됐다는 말을 듣고 걱정이 되어 와봤다고 했다. 그러면서 신문 하나를 내밀었다. 그녀가 내민 신문에는 문재인의 모교인 경남고등학교가 전국 야구대회에서 우승했다는 기사가 실려 있었다. 세상에! 아무리 야구를 좋아한다고 해도 유치장에 수감된 처지에 무슨 관심이 있겠는가. 문재인은 웃음이 나왔지만 엄혹한 상황에서도 낭만적 여유를 잃지 않는 김정숙 씨가 마음에 들었다.

집행유예로 석방된 문재인은 김정숙 씨와 더욱 가까워졌다. 그런데 석방 며칠 만에 강제 징집영장이 나왔다. 그 뒤 김정숙 씨와 문재인의 연애는 면회의 역사였다. 7년 동안 이어진 연애 기간 동안 김정숙 씨는 문재인을 면회하기 위해 구치소로, 군대로, 다시 구치소로 찾아다녔다. 그뿐인가. 문재인이 고시공부 한다고 전라도 해남의 절에 머물 때도, 고시 합격 후 사법연수원에 있을 때도, 김정숙 씨는 오로지 문재인을 만나기 위해 먼 길을 나섰다.

야구 기사가 실린 신문 사건에서 엿볼 수 있듯이 김정숙 씨는 다소 엉뚱한 면이 있었다. 지금도 그렇지만 그 당시 군대 면회는 무조건 먹을 걸 잔뜩 싸들고 가야 한다. 그래서 동료들과 나누어 먹는 게 관례였다. 집이 아무리 가난해도 통닭 한 마리쯤은 들고 가는 게 정석이었다. 그런데 김정숙 씨는 문재인의 군 입대 후 첫 면회 때 먹을 것 대신 안개꽃을 한 아름 들고 갔다. 세상 물정 참 모르는 아가씨구나, 문재인은 속으로 당황했지만 내색하진 않았다. 면회소에서 아무것도 팔지 않던 때라 둘은 꽃다발을 가운데 놓고 이야기만 나누다 헤어졌다. 안개꽃만 한 다발 품에 안고 내무반으로 돌아온 문재인을 본 동료들은 배를 잡고 웃었다.

문재인 역시 엉뚱하기로는 김정숙 씨 못지않았다. 군대 생활이 말년으로 접어들던 1977년 10월, 문재인은 김정숙 씨의 졸업연주회에 참석하기 위해 인사과 동기가 써준 가짜 외출증을 들고 무단 외출을 했다. 연주회장에 검은 베레모와 특전사 군복 차림으로 나타난 문재인을 본 김정숙 씨의 부모님은 놀라서 말을 잇지 못했다.

어느새 40여 년의 세월이 지났건만 김정숙 씨는 그 시절을 떠올릴 때마다 아직도 툴툴거리곤 한다. 함께 있는 시간보다 헤어져 있는 시간이 더 길었으니 그럴 만도 하다. 그때마다 문재인은 이렇게 말한다. "내가 경희대를 간 건 오로지 당신을 만나기 위해서였나 보다."라고. 그 말을 들으면 성격 좋은 김정숙 씨는 언제 툴툴거렸냐는 듯 금방 다정해진다고 한다.

서울내기와 부산토박이

줄곧 서울에서 자란 김정숙 씨와 무뚝뚝한 부산토박이 문재인. 두 사람의 신혼 생활은 어땠을까. 두 사람은 7년의 연애를 거쳐 마침내 결혼식을 올렸다. 서울시립합창단 단원으로 활동하던 김정숙 씨는 결혼과 함께 남편을 따라 부산으로 왔다. 문재인은 고향에서 인권 변호사의 길을 걷겠다고 했다. 혼자 계신 어머니를 모시기 위해서라도 부산에서 살아야 한다고 했다. 김정숙 씨는 남편의 선택을 존중했다. 그녀도 '변호사 사모님' 소리 들으며 편하게 살고 싶지는 않았다. 김정숙 씨는 흔쾌히 부산에 신혼살림을 차렸다.

김정숙 씨의 부산 생활은 우여곡절의 연속이었다. "내 니밥 안 굶게 해줄게."라는 말만 믿고 결혼했지만, 남편의 부산식 어법에는 좀처럼 적응할 수 없었다.

막 둘째를 임신했을 무렵이었다. 김정숙 씨는 임신한 몸으로 첫째 아이를 돌보는 일이 힘들었다. 친정도 멀어서 도움을 청할 데가 마땅치 않았다. 하는 수 없이 남편에게 도와달라고 했다.

"내가 지금 너무 힘드니 당신이 아기 좀 봐줘요."

집에까지 들고 온 한 뭉치의 서류를 들여다보고 있던 문재인은 아내의 말에 아무런 반응이 없었다. 그래서 재차 아기 좀 봐달라고 했더니 여전히 서류에서 눈을 떼지 않은 채 이렇게 말하는 것이었다.

"그럼, 디비 자라."

무턱대고 '디비 자라'는 말에 김정숙 씨는 은근히 속이 상했다.

"아기 봐달라는 게 그렇게 힘든 일이야?"

"그러니까 디비 자라고."

결국 김정숙 씨는 울면서 '디비' 잤다. 나중에 동네에서 친하게 지내는 사람들에게 그 일을 이야기했더니 동네 사람들이 그랬다. 힘들면 드러누워서 자라는 말인데, 그게 무슨 욕이냐고. 서울내기 김정숙 씨에게 억센 경상도 사투리는 절반이 욕처럼 들렸다. 세월이 약이라고 했던가, 이젠 그녀도 부산 말이라면 좀 할 줄 안다.

문재인과 살면서 김정숙 씨는 끊임없이 공부를 했다. 신문이나 방송에 잘 모르는 이야기가 나오면 김정숙 씨는 남편에게 묻곤 했다. 그때마다 남편은 대답을 해주거나 가르쳐주는 대신 책을 읽어보라고 했다. 그녀는 문재인이 읽고 있는 책들을 읽기 시작했다. 그런데 두 아이를 키우고 살림을 하면서 책까지 읽는다는 건 무척 버거운 일이었다. 다양한 분야의 책을 꼼꼼하게 읽는 문재인을 따라잡는 건 불가능했다. 그래서 김정숙 씨는 남편이 추천해준 책의 머리말과 차례, 끝부분과 저자 소개를 먼저 살폈다. 그러다 괜찮다 싶은 책이면 완독을 했다. 김정숙 씨는 남편 문재인과 산 세월을 "시대의 변화에 맞춰 살아야 하는 과정이었다."고 표현한다.

원래 김정숙 씨의 이상형은 예술가였다. 그러나 문재인은 예술가와는 거리가 멀었다. 그녀는 남편에게 그럴듯한 선물 하나 받아보지 못했다. 문재인은 책 사는 것 외에는 뭘 살줄 모르는 사람이었다.

2008년 참여정부가 끝났을 때 문재인 부부는 경남 양산으로 거처를 옮겼다. 다른 사람이 작업실로 사용하던 집에 들어가 살려니 불편한 게 한두 가지가 아니었다. 밤만 되면 세상이 온통 깜깜해서 덜컥 무서움이 찾아오기도 했다. 문재인은 "5년 동안 화려한 생활을 했으니 앞으로 10년간 시골 생활을 해야 보통사람이 될 수 있다."며 아내를 달랬다. 그처럼 완고한 남편이지만 아내의 생일에는 꽃다발을 선물하고 함께 포도주를 나눠 마실 만큼 낭만적이고 다정다감한 구석도 있다. 김정숙 씨는 부부의 삶에 대해 이렇게 말한다.

"부부가 결혼해서 함께 인생을 만들어 나가려면 이상형이 중요한 게 아니라 서로 간의 변치 않는 신뢰와 믿음이 가장 중요한 것 같아요. 그런 점에서 우리 남편은 가족들을 실망시킨 적이 단 한 번도 없었어요."

젊었을 때는 욕심 많고 콧대 높은 아가씨였다는 김정숙 씨. 내 것을 다른 사람을 위해 쓸 줄 몰랐던 그녀였지만, 문재인과 살면서 물질적 풍요로움보다 더 가치 있는 삶을 발견했다. 가난하지만 언제나 떳떳한 삶. 그런 삶이야말로 물질로는 채울 수 없는 진정한 기쁨이라는 걸 이제는 그녀도 안다. 그래서 김정숙 씨는 그런 기쁨을 알게 해준 남편 문재인이 자랑스럽고 든든할 뿐이다.

감나무를 사랑하는 그

문재인의 식물 사랑은 극진하다. 특히 야생화를 좋아해서 가족이나 지인들과 종종 야생화 산행을 떠나기도 한다. 산행 약속이 잡히면, 문재인은 미리 답사를 한다. 코스는 평탄하고 안전한지, 어떤 꽃이 주로 피었는지, 어떤 나무들이 자라고 있는지, 쉴 만한 곳은 어디쯤인지, 맛있는 음식을 파는 식당은 어디인지 미리 살펴보는 것이다. 그러니 그와 함께 야생화를 보러 가는 사람들은 늘 엄지를 치켜세울 수밖에 없었다.

네팔의 히말라야를 갔을 때였다. 함께 간 일행들이 고산병에 걸려 간신히 산을 오르는데, 문재인은 지치지도 않고 혼자 에델바이스를 찾아다녔다. 일행들이 그만 찾으라고 아무리 말려도 문재인의 에델바이스 찾기는 그치지 않았다. 히말라야의 일정을 모두 끝내고 부탄으로 가야할 때가 되어서야 문재인은 "이곳에는 에델바이스가 없나보군요."라며 에델바이스 찾기를 멈추었다.

문재인은 한국의 들꽃에 관해서는 거의 전문가 수준이다. 모르는 꽃이 없다. 영화 「변호인」의 실제 인물인 설동일 씨의 말에 따르면, 문재인은 변호사 시절에도 종종 야생화 산행 안내를 자처하곤 했다. 한번은 부산 금정산에 올랐다가 우연히 깽깽이 풀을 발견했다. 깽깽이 풀이나 처녀치마는 남쪽 지역에서는 좀처럼 보기 힘든 꽃이다. 흥분한 문재인은 설동일 씨를 데리고 다음날 다시 산에 올랐다. 그에게 깽깽이 풀을 보여주기 위해서였다. 꽃을 한 번 더 보기 위해 또다시 산을 오르는 수고를 마다하지 않는 문재인의 모습을 보면서 설동일 씨는 혀를 내둘렀다고 한다.

처녀치마를 볼 때도 마찬가지였다. 양산 통도사 뒤, 해발 1,000m가 넘는 산에서 혼자 처녀치마를 본 문재인은 사람들을 데리고 또 산에 올랐다. 혼자 보기엔 너무 아름다운 풍경이라는 이유였다. 사람들에게 아름다운 풍경을 보여주고 알려주기 위해서 그 험한 산을 다시 오르는 수고마저 묵묵히 감내하는 문재인. 그와 동행한 사람들은 산행에서 꽃만 보는게 아니었다. 귀한 꽃을 보여주기 위해 또다시 험한 산길을 오르는 사람꽃 문재인도 보게 되는 것이다.

혼자라면 모르고 지나갔을 꽃이건만, 문재인과 함께라면 꽃 한 송이 풀 한 포기도 그냥 보아 넘길 수 없었다고 설동일 씨는 말한다. 문재인이 어느 풀을 가리키며, 이 녀석은 꽃과 꽃 사이에서 자라나 꽃들과 연대하고 있다는 말에 허리를 숙여 들여다보면 정말 그러했다. 꽃과 나무 사이에서 자라는 풀의 위세가 얼마나 당당하던지, 세상을 살아가는 숱한 사람들의 다양한 삶의 모습들을 한 눈에 보는 듯했다.

식물을 사랑하는 문재인의 마음을 엿볼 수 있는 또 다른 일화가 있다. 문재인네 감나무 이야기이다.

옆집 감나무는 가을마다 감이 주렁주렁 열리는데, 문재인네 감나무는 도통 감이 열리지 않았다. 거름도 주고 비료도 줘봤지만 잎만 더욱 무성해지고 나무 그늘만 커졌다. 그 바람에 다른 꽃들이 그늘에 가려 죽어버렸다.

3년을 내리 그러자 아내 김정숙 씨는 감나무를 베어버리겠다고 으름장을 놓았다. 그 말을 들은 문재인은 매일 감나무 앞을 찾아가 혼자 중얼거리기도 하고, 나무 아래 쪼그리고 앉아 있기도 하고, 나무를 끌어안고 있기도 하는 등 이상한 행동을 멈추지 않았다. 알고 보니 매일 감나무에게 말을 걸고 있던 거였다.

"잘 커라. 그렇지 않으면 우리 마누라가 너를 자른단다. 나는 너를 사랑한다."

김정숙 씨가 보기에 남편 문재인은 하찮은 나뭇가지 하나 자르는 일에도 자기 몸이 잘리는 것처럼 아파하는 사람이었다. 감나무에게 진심 어린 애정을 쏟는 남편의 모습을 보니, 오래 전 부산에서 변호사 생활을 하던 때, 어려운 사람들을 위해 늘 두 손 걷어붙이고 앞장서던 기억들이 떠올랐다. 노동자들의 위험한 작업 현장을 직접 찾아다니느라 자가용마저 4륜 구동 SUV를 선택한 사람 아니던가. 이 사람, 정말 아름다운 사람이다. 그녀는 새삼 남편에게 감동했다.

그해 가을, 다행히 문재인네 감나무에도 열매가 달렸다. 옆집 감나무처럼 가지가 휠 만큼은 아니었지만, 문재인의 소망처럼 감이 발갛게 익어갔다. 고작 세 개뿐이었지만, 그 감만으로도 가을 내내 문재인네 마당은 세상 어느 곳보다 풍성했다.

유기견 지순이의 러브 스토리

문재인의 동물 사랑은 잘 알려져 있다. 경남 양산에 살던 무렵 생긴 유기견 지순이와의 사연은 각별하다.

지순은 동네 뒷산을 떠돌던 개였다. 갈색 털 때문에 주민들은 '늑대개'라고 불렀다. 진돗개를 닮은 외모와는 달리 사람을 아주 무서워했다. 멀리서 사람이 지나가기만 해도 꼬리를 감추고 잽싸게 도망치느라 바빴다.

그런데 언제부턴가 겁 많은 늑대개 지순이 문재인의 집 마당을 들락거리기 시작했다. 알고 보니 문재인이 키우던 마루를 만나러 오는 거였다. 처음에는 눈에 불을 켜고 지순이 드나드는 구멍을 찾아 막아보기도 했지만 아무 소용없었다. 지순은 꾸준히 풍산개 마루를 찾아왔다.

그러던 어느 날이었다. 문재인이 딸과 함께 마루를 데리고 뒷산을 산책하던 중이었다. 산책로 초입에 서있는 정자를 지나는데 마루의 행동이 이상했다. 정자 아래를 킁킁거리며 좀체 발길을 떼지 못했다. 고개를 숙여 정자 아래를 들여다보니 야트막한 굴이 있었다. 그 안에는 태어난 지 한 달이 채 되지 않은 강아지 여러 마리가 꼬물거리고 있었다.

슬슬 걱정이 되기 시작했다. 꼬물거리는 강아지들이 눈에 밟혀 몇 번을 찾아갔지만, 어미 개는 먹이를 구하러 다니는지 보이지 않았다. 강아지들은 툭하면 찾아오는 문재인을 반기며 꼬리를 흔들어댔다. 이대로 두면 족제비 같은 야생동물에게 해를 입지 않을까, 어미 혼자 이 많은 새끼들 먹이를 챙길 수 있을까, 걱정이 이만저만 아니었다. 결국 문재인은 딸과 함께 강아지들을 모두 집으로 데려왔다.

그러자 지순이 문재인의 집을 들락거리는 횟수가 훨씬 많아졌다. 사람들의 눈을 피해 살그머니 들어와 온종일 강아지들을 정성껏 돌보는 게 아닌가. 지순이 강아지들의 엄마가 분명했다. 게다가 강아지들은 자랄수록 마루와 꼭 닮아 있었다. 누가 봐도 마루가 강아지들의 아빠임이 확실했다.

마루에 대한 지순의 사랑도 일편단심이었다. 늘 마루를 졸졸 따라다녔다. 문재인이 마루를 산책시킬 때면 어떻게 알았는지 먼발치에서 졸래졸래 따라오곤 했다. 지순의 마루에 대한 사랑이 하도 유별나서 동네 사람들이 다 알 정도였다. 지순이라는 이름도 마루에 대한 녀석의 사랑이 '지고지순'하다는 뜻으로 문재인이 지어주었다.

문제는 지순의 사랑이 너무 지나치다는 거였다. 동네 암캐들을 해코지하는가 싶더니 점점 도가 심해졌다. 지순이 물어뜯는 바람에 죽을 뻔한 개도 있었다. 지순이 마루를 독점하고 싶어서 그런다는 게 동네 사람들의 해석이었다.

동네 개들의 평화를 위해 문재인은 지순을 유기견 센터에 보내기로 했다. 119구조대에 신고해 마취총으로 지순을 잡았다. 잡고 보니 지순은 새끼 때의 목끈을 그대로 착용하고 있었다. 그 바람에 목끈이 살을 파고들어 상처가 깊고 심하게 곪은 상태였다. 문재인은 지순을 유기견 센터로 보내는 대신 곧장 동물병원으로 데려갔다.

상처가 다 낫자 지순은 다시 동네를 돌아다녔다. 다른 개를 또 해코지하기 전에 한시바삐 붙잡아 두어야만 했다. 워낙 영리하고 재빠른 지순이었다. 문재인은 지순을 먹이로 유혹하기도 하고, 여럿이 모여 구석으로 몰기도 하고, 수의사가 처방해준 신경안정제와 수면제를 사용해 보기도 했지만 결과는 번번이 실패였다. 지순은 곯아떨어져 있다가도 사람 발자국 소리가 나면 필사적으로 도망을 갔다. 문재인의 걱정도 커져만 갔다. 이대로 두었다간 동네 사람들의 원망을 들을 게 빤했다. 지순에게도 떠돌이 생활은 위험했다.

그런데 이게 웬일인가. 마당에 마루를 풀어놓고 외출한 날이었다. 문재인과 가족들이 돌아오는 줄도 모르고 마루와 지순이 사랑을 나누다가 그만 들켜버리고 말았다. 민망했던 걸까, 마루가 지순을 데리고 제 집으로 유유히 들어가는 게 아닌가. 그렇게 해서 지순은 마루와 함께 한 집에 살게 되었다.

얼마 후 지순은 강아지를 일곱 마리나 낳았다. 그 강아지들은 트위터와 지인들을 통해 서울, 부산, 양산 등으로 분양되었다. 일곱 강아지들은 무럭무럭 자라고 있으며, 마루와 지순이도 행복한 부부 생활을 누리고 있다.

친구야, 같이 가자

작가이자 연극연출가인 이윤택 씨는 문재인과 경남고등학교 동기동창이다. 2012년 대통령 선거를 앞두고 그는 문재인 후보의 찬조연설자로 나서서 고등학교 1학년 때의 추억담을 들려주었다. 그때 이윤택 씨가 들려준 사연은 이러했다.

이윤택 씨는 학창 시절 문재인과 친한 사이는 아니었다. 적당한 거리를 두고 서로 바라만 보는 사이였다. 이윤택 씨는 늘 1~2등을 하는 모범생 문재인과는 달랐다. 벼락치기를 하면 20등 턱걸이를 하고, 에라 모르겠다, 포기하면 꼴지를 다투던 학생이었다. 말하자면 문재인과는 노는 물(?)이 달랐던 것이다. 그러던 그는 공부 외에는 별로 눈에 띄지 않던 문재인에게서 잊지 못할 장면을 목격하게 된다. 이윤택 씨의 표현을 빌리자면, 그때의 문재인은 어린 수사(修士)였다. 그 누구보다도 아름다운 학생이었다.

고등학교 1학년 때 소풍 가는 날이었다. 그들은 버스를 타고 가서 어느 산길에서 내렸다. 그 당시의 소풍은 가까운 산에 가서 산속으로 뻗은 길을 천천히 걸어올라 갔다가 다시 내려오는 가벼운 등산과도 같은 것이었다. 그들이 도착한 곳에는 큰 저수지가 있고 그 옆으로 나무가 우거져 한 사람만 겨우 다닐 수 있을 만큼 길이 좁았다.

어느 반에나 그렇듯 그의 반에도 몸이 불편한 친구가 한 명 있었다. 좁은 길을 한 줄로 서서 모두가 앞만 보고 산길을 오르는 동안 다리를 저는 친구는 뒤로 밀려났다. 다들 즐겁게 떠들며 모처럼의 소풍을 즐기고 있었기에 그 친구는 도와달라는 말이나 같이 가자는 말을 할 수 없었다. 자기 몸은 자기가 감당해야 하는 나이였기에, 자신이 먼저 손을 벌리면 왠지 자존심이 상하는 것처럼 느껴지는 시기였기에, 그는 묵묵히 입을 다문 채 친구들 무리에서 서서히 뒤쳐지고 있었다.

그런데 그 친구에게 주의를 기울이지 않는 다른 학생들과는 달리 그 친구와 보조를 맞추면서 걸어오는 학생이 한 명 있었다. 문재인이었다. 그 장면에서 이윤택 씨는 세계적인 극작가 브레히트의 교육극 「예스맨 노맨」을 떠올렸다. 「예스맨 노맨」에는 이런 대사가 나온다.

"나는 더 가기 힘드니, 너라도 먼저 가라, 너라도 먼저 가서 소풍을 즐겨라. 나는 여기서 기다리겠다."

브레히트 교육극 「예스맨 노맨」의 선택은 두 가지이다. 한 친구가 다른 친구를 위해서 같이 소풍을 포기하든지, 아니면 친구를 남기고 혼자라도 가서 소풍을 즐기고 그 이야기를 전해주든지. 이것을 '예스맨' '노맨'이라고 하는데, 문재인은 이 두 경우와는 다른 선택을 했다. 이윤택 씨는 그것을 한국적 선택이라고 했다. 여기서의 한국적인 선택이란, "같이 가자!"고 하면서 그 친구를 등에 업는 것이었다.

문재인은 친구를 업은 채 험한 산길을 걸어 다른 친구들이 모여 있는 장소에 마지막으로 도착했다. 꼴찌로 도착한 문재인과 그의 등에 업힌 친구를 발견하고 먼저 와 있던 같은 반 친구들은 깜짝 놀랐다. 소풍에 들떠 몸이 불편한 친구를 생각하지 못했다는 자괴감과 더불어 혼자 걷기에도 가파른 산길을 문재인이 몸이 불편한 친구를 업고 왔다는 사실에 큰 감동을 받은 것이다.

그날 소풍을 마치고 다시 버스를 타기 위해 돌아갈 때는 올 때와 다른 광경이 펼쳐졌다. 50명이나 되는 반 친구들이 몸이 불편한 친구에게 교대로 등을 내어준 것이다. 그 친구를 위해서 한 명씩 돌아가면서 업고, 업고, 또 업고…… 그렇게 50명의 같은 반 학생들은 완전히 하나가 된 모습을 보여주었다.

선행과 배려는 강요하는 게 아니라 먼저 본보기를 보여주는 일이라는 것을 조용히 실천함으로써 문재인은 그날 친구들을 감동시키고 하나로 뭉치게 만들었다. 그 일화는 아직도 경남고등학교에서 신화처럼 전해지고 있다고 이유택 씨는 자랑스럽게 말했다.

막걸리보다 진한 우정

문재인을 40년 넘게 알아온 사람이 있다. 경희대 법대 동기 박종환 씨가 그 주인공이다. 박종환 씨는 대학 졸업 후 경찰에 입문해서 30여 년간 재직하다 2009년 2월 치안정감으로 명예퇴직을 했다.

대학교 1학년 때부터 지금까지 문재인을 지켜본 박종환 씨는 그를 이렇게 표현한다. '여간해서 변하지 않는 고집스럽고 단단한 태도를 가진 사람'이라고. 공부를 할 때도, 술을 마시며 격렬하게 토론을 할 때도, 편을 나누어 운동을 할 때도, 문재인은 항상 양보하고 배려하며 진정성 있게 행동했다고 박종환 씨는 기억한다. 그러면서 그는 기억 속 문재인과 지금의 문재인이 하나도 다르지 않다고 말한다.

문재인을 처음 봤을 때, 박종환 씨는 그가 부잣집 아들인
줄 알았다. 실제로는 가정 형편이 어려워서 장학생으로 경희
대 법대에 입학했는데도 말이다. 박종환 씨가 오해를 한 이
유는 문재인이 특유의 겸연쩍은 표정을 지으면서도 어디서
든 당당한 태도를 잃지 않았기 때문이었다.

　그들이 대학에 입학한 1972년은 10월 유신이 선포되던
해로, 유신체제의 암울한 상황 속에서 휴교하는 날이 많았다.
대학생들은 학교 주변 술집에 삼삼오오 모여서 막걸리를 마
시며 시대와 신념에 대해 토론하는 게 유행이던 시절이었다.
문재인은 그런 자리에서 인기가 많았다. 술값을 잘 냈기 때
문이다. 지금 생각해보면 얼마 되지 않는 금액이었지만, 학생
들 입장에서는 큰돈이었다.

　문재인이 술값을 자주 계산한 다음부터 그런 자리가 벌어
지면 술값은 당연히 그가 담당하는 걸로 알았다. 문재인은
토론에 강했고 술에도 강했다. 그러다보니 술 취한 친구들
뒷감당하는 것도 자연스레 그의 몫이 되었다. 뜨거웠던 술자
리는 문재인의 하숙집 주인아줌마에게 신세를 지는 것으로
마무리가 되었다. 문재인은 끝까지 남은 친구들을 데리고 자
신의 하숙집으로 몰려갔던 것이다.

　그런 일이 계속되자 박종환 씨는 문재인이 부산의 돈 많
은 집 아들이라는 생각을 굳힐 수밖에 없었다. 그런 생각은

1974년 여름, 문재인의 부산 집을 방문할 때까지 이어졌다.

대학교 3학년 여름방학을 맞아 박종환 씨는 문재인의 집을 찾아갔다. 부산시 영동구 영선동 산동네 입구에 섰을 때, 그는 자신의 눈을 믿을 수가 없었다. 부잣집 아들이라고 생각했던 문재인의 집은 놀랍게도 마루가 딸린 단칸방이었다. 손님을 재울 마땅한 공간조차 없어서 그날 박종환 씨는 문재인 집 근처 여인숙에서 자야 했다.

산동네 마을은 손님이 찾아와도 재울 공간이 없어서 여인숙을 자주 이용했다. 때문에 그 여인숙은 단순한 여인숙이 아니라 산동네 주민들에게는 일종의 영빈관(?) 같은 곳이었다.

여인숙으로 향하면서 문재인은 박종환 씨에게 특유의 겸연쩍은 표정을 지어보였다. 하지만 당당함을 잃지는 않았다. 친구에게 자신의 집에서 재워주지 못해 미안하지만, 원망해야 할 것은 작은 방이 아니라고 문재인의 표정은 말하고 있었다. 그날 박종환 씨는 물질을 뛰어넘는 진한 우정을 배웠다.

박종환 씨는 대학생 시절의 문재인을 아직도 잊지 못한다. 부잣집 아들이라고 착각할 정도로 자주 냈던 술값은 문재인이 자신을 위해 써야 할 돈을 아낀 것이었다. 그렇게 아낀 돈을 친구들과의 우정을 위해 사용한 것이었다.

문재인은 돈 때문에 주눅 들지 않고 돈보다 가치 있는 게 무언지를 누구보다 먼저 알아본 사람이었다. 40여 년이 지난

지금도 문재인의 그런 마음은 변함이 없다는 걸 박종환 씨는
잘 알고 있다.

차렷 자세가 어색한 이등병

경기도 수원이 고향인 최경원 씨는 군대에서 문재인을 처음 만났다. 특전사령부에서 신병교육을 받던 1975년의 일이었다. 4주간의 공수 훈련과 6주간의 특수전 훈련이 끝나자 2주간의 여단 전입 훈련이 시작되었다. 전입 훈련의 첫 과제는 직속상관의 관등성명과 충성, 부동자세, 경례 등의 정의를 암기하는 것이었다. 동기 대부분은 체력에는 자신 있는데 이름과 용어의 정의를 암기하는 건 영 소질이 없었다. 그런데 문재인은 한 번 만에 다 암기하는 게 아닌가? 최경원 씨는 그런 문재인이 하도 신통해서 눈여겨보았다.

　그런데 웬걸! 본격적으로 훈련에 들어가자 문재인에게 문제가 생겼다. 암기면 암기, 사격이면 사격, 구보면 구보 등 모든 분야에서 탁월했던 문재인에게도 딱 한 가지 어쩌지 못하는 게 있었다. 그것은 '차렷' 자세였다. 문재인은 흔히 O다리라고 부르는 휜 다리였던 것이다.

곧은 자세를 요구하는 군에서 휜 다리는 여러 면에서 지적거리가 된다. 신고식의 관문 중 하나인 차렷 자세는 일반적인 차렷 자세가 아니다. 대략 10~15분 정도 걸리는 신고 시간 내내 꼿꼿한 자세를 유지하고 절대로 눈을 깜박거려서는 안 된다. 그런데 문재인은 휜 다리 때문에 차렷 자세가 불량했다. 무릎이 붙지 않으니 교관들의 지적이 계속 이어졌다.

"문재인."

"이병 문재인."

"자세 불량. 무릎 붙여."

"시정하겠습니다."

정신을 바짝 차리고 힘을 주어 무릎을 붙이다 보면 다른 게 흐트러지고, 다른 것에 신경을 쓰다 보면 어느새 무릎 틈새는 다시 벌어졌다. 같은 실수가 여러 번 반복되자 조교는 말 대신 막대기로 문재인의 무릎을 때렸다.

그러던 어느 날, 조교가 띠 두 개를 가지고 왔다. 그리고는 문재인에게 다리를 펴고 눕게 한 다음 무릎과 발목을 묶었다.

"오늘부터 취침할 때 이렇게 묶은 채로 자라. 굽은 다리를 곧게 펴야 하니까."

그날 밤부터 최경원 씨는 취침 때마다 문재인의 다리와 발목을 묶어주었다. 문재인은 묶인 다리 때문에 밤새 뒤척거렸다. 잠귀가 밝았던 최경원 씨는 밤마다 문재인이 끙끙 앓는 소리를 들었다. 그렇지만 기상 시간이 되면 문재인은 누구보다 일찍 일어나 다리를 묶은 끈을 풀고 옷을 갈아입었다. '나 같으면 몰래 느슨하게 묶고 잘 텐데, 참 우직한 친구구나'라고 생각한 최경원 씨는 계속되는 훈련에도 힘든 내색 한 번 안 하는 그를 보며 '지독한 놈'이라고 여러 번 혀를 찼다.

　드디어 신고식 날이 되었다. 다들 문재인의 휜 다리를 걱정했다. 궁리 끝에 동기 하나가 그럴듯한 아이디어를 냈다. 통이 큰 바지를 입고 밑단에 무거운 추를 달면 바지가 쫙 펴져서 휜 다리가 보이지 않는다는 거였다. 정말로 통이 큰 바지를 입고 고무줄로 신문지를 감아 밑단에 넣자 무릎 사이가 감쪽같이 감춰졌다. 덕분에 문재인은 무사히 신고식을 치를 수 있었다.

　문재인과 최경원, 두 사람은 그게 인연이 되어 전역할 때까지 간부들 몰래 막걸리를 마시고 담배도 피우며 즐겁게 군 생활을 했다. 예하대대 요원들이 여단본부 사무실은 기피한다는 점을 이용한 그들만의 비밀 아지트에서 벌어진 일이었다.

그가 수업에 빠진 이유

참여정부 시절 공직에 몸담고 있던 A씨는 문재인과 고등학교 동창이다. 그는 공식 석상에서 몇 번 문재인과 마주칠 기회가 있었다.

"내가 지켜본 재인이는 도덕적으로 매우 깔끔하게 자기 관리를 하고 있었습니다. 공과 사의 구분이 철저했고, 사심이 없는 맑은 사람이었죠. 그 때문에 동기들이나 지인들이 섭섭하게 생각했을 수도 있지만, 재인이는 분명 존경할만한 친굽니다."

A씨는 "네 친구 문재인은 어떤 사람이냐."는 질문을 자주 받는다. 그때마다 "정직하고 소탈하고 깨끗한 사람이다."라고 대답한다. 수없이 반복한 그 말을 수정해야 했던 적은 아직 한 번도 없다.

한때는 문재인이 비정치인으로 남아 다른 방면에서 우리 나라의 발전을 위해 일해 주기를 바랐다. 하지만 지난 대통령 선거에 문재인이 야권 단일 후보로 나섰을 때, 그 길은 신의 뜻이라고 생각하며 마음속으로 문재인을 응원했다.

　A씨가 문재인에게 남다른 믿음을 갖게 된 건 고등학교 1학년 때의 일 때문이다. 부모님과 떨어져 친척집에서 지내고 있던 A씨는 깜빡 잊고 납부 마감일까지 학비를 내지 못했다. 그날 1교시 수업시간에 선생님이 학비를 내지 못한 학생들의 이름을 부르더니 이렇게 말했다.

　"너희들은 수업 받을 자격이 없다. 교실 밖으로 나가라."

　그런 일은 처음이었다. 학비를 못낸 다른 아이들과 함께 주춤주춤 교실 밖으로 나간 A씨는 무얼 어떻게 해야 할지 몰랐다. 교실 밖으로 나가라는 말이 얌전히 복도에 서 있으라는 건지, 운동장으로 가라는 건지, 교문을 벗어나 집으로 돌아가라는 건지 알 수 없었다.

　그는 일단 교실 맞은편 과학관으로 들어갔다. 부모님에게 전화를 걸어 사정을 설명해야 한다는 생각도 떠오르지 않았다. 1교시 수업이 끝났음을 알리는 종이 울렸을 때도 그는 과학관에 망연하게 앉아만 있었다. 그때 문재인이 상기된 얼굴로 과학관으로 들어왔다. 교실에서 쫓겨난 A씨가 과학관으로 들어가는 걸 창문으로 지켜보았다가 쉬는 시간에 뛰어온 것이었다.

"계속 여기 있을 건 아니지? 집에 가서 친척 어른께 말씀드리고 학비 가져와라. 그걸 내고 수업에 들어오면 된다."

문재인의 그 말은 A씨에게 구세주였다. '교실 밖으로 나가라'는 선생님의 말이 가슴에 못처럼 박혀 막막해하고 있던 A씨에게는 너무나도 반가운 말이었다.

가끔은 단순한 문제도 어떻게 풀어야 할지 몰라서 쩔쩔 매는 경우가 있다. 그럴 때 옆에서 살짝만 도와줘도 큰 도움이 된다. A씨도 마찬가지였다. 교실에서 쫓겨난 이유가 학비를 못낸 때문이라면, 학비를 내는 즉시 교실로 돌아갈 수 있는 것이었다. A씨는 바로 집으로 향했고, 그날 오후 다시 학교로 와서 학비를 냈다.

눈물을 글썽이던 친구, 아무렇지도 않은 척 애쓰던 친구, 쾌활한 모습으로 부끄러움을 감추던 친구, 학비를 내지 못해 교실에서 쫓겨나던 다른 친구들의 얼굴을 A씨는 지금도 잊지 못한다. 모두 무사히 학교를 졸업했고, 그중에는 사회 명사가 된 친구도 있다. 그 얼굴들 속에 단연 빛나는 얼굴이 있다. 바로 문재인이다. 그날 문재인은 A씨에게 우정의 의미를 확실하게 각인시켜주었다. 대단한 도움이 아니라 '살짝' 마음을 보여주는 것만으로도 든든한 지원군이 되고 삶의 지푸라기가 되는 게 그 시절의 우정이었던 것이다.

김 판사의 좌절과 재기

"내가 계속 불합격했으면 어떻게 됐을까요? 문재인은 나를 언제까지 도와줄 생각이었을까요?"

서울중앙지법 부장판사로 있는 김 모 씨. 그는 문재인의 도움이 없었다면 법조계에 들어오지 못했을 거라고 말한다. 김 씨는 법대를 졸업했지만 집안 사정 때문에 고시공부를 포기하고 사업을 시작했다. 성실성을 무기로 열심히 노력하면 될 줄 알았지만, 사업은 성실함만으로는 꾸려나가기 어려웠다. 작게 시작했음에도 불구하고 경제적 손실은 컸고 정신적으로도 무척 피폐해졌다.

"몸과 마음은 엉망진창이 되고 앞날도 캄캄했지요."

그때가 1984년이었다. 1980년에 제22회 사법시험에 합격

한 문재인은 그 무렵 부산에서 노무현 변호사와 함께 합동법률사무소를 운영하고 있었다. 친구의 사업 실패 소식을 들은 문재인은 곧장 그에게 전화를 걸었다. 그리고는 뒷바라지 걱정은 하지 말고 고시공부를 시작하라고 했다.

"법률사무소를 개업한 지 얼마 되지 않았을 때라 재인이도 별로 여유가 없었을 거예요. 그런데 내 사정을 알게 되자 자기가 모든 걸 밀어주겠다면서 고시공부를 하라고 권했어요. 내가 망설이자 후배까지 보내서 기어이 결심하게 만들었죠."

김 씨는 주저하다가 문재인의 제안을 수락했다.

"염치없지만 재인이가 구해놓은 부산 구포의 고시원에 거의 맨몸으로 들어갔지요."

그로부터 2년 동안 그는 문재인의 도움으로 고시공부에 전념할 수 있었다.

"내용이 바뀐 교재를 모두 새로 사주고 고시원 비용에 용돈까지 줬어요. 덕분에 2년 동안 다른 생각하지 않고 공부만 할 수 있었죠."

김 씨는 1년 만에 1차 시험을 통과하고 그 다음해인 1986년 제28회 사법시험에 최종 합격했다. 사법연수원도 우수한 성적으로 수료해서 판사가 되었다.

김 판사는 고교 3년을 문재인과 함께 했다. 그는 문재인이 "고교 1학년 때는 키가 작은 편이었으나 2~3학년이 되면서 키가 훌쩍 컸다. 그때부터 키 큰 친구들과 어울리며 술도 곧 잘 마셨다."고 회상했다.

1학년 소풍 때 '키가 작고 덩치도 작았던' 문재인이 몸이 불편한 반 친구를 업고 갔던 일은 김 판사에게도 잊지 못할 기억으로 남아 있다. 조금 업고 가다 힘들면 잠시 내려놓고, 그럼 둘이 천천히 걸어가다 다시 힘이 생기면 친구를 업고, 그것을 반복하며 한발 한발 걸어갔던 아름다운 소풍 길. 키크고 힘 센 친구의 돌봄이 아니라서 더욱 값졌던 그 길.

"판사가 된 뒤에는 각자 서울과 부산에 거주했던 관계로 자주 만나지 못했어요. 하지만 이렇게 자랑스러운 친구가 있다는 것만으로 가슴이 벅찹니다. 친구에게 평생 갚아도 다 못 갚을 신세를 졌다는 게 이처럼 뿌듯한 경우도 있을까요?"

어려울 때 받은 도움은 쉽게 잊히지 않는다. 하물며 그것이 한 사람의 인생을 바꾸어놓았을 때는 어떠하랴. 그런데 만약 도움을 준 상대가 부정한 사람이거나 사회적으로 인정받지 못하는 신분이라면, 그 사람에게 신세를 졌다는 걸 감추고 싶을지도 모른다. 그러나 김 판사는 인터넷 동문 카페에 문재인의 도움을 받았다는 사실을 자랑스럽게 공개했다. 그때나 지금이나, 그리고 앞으로도 문재인과의 아름다운 우정은 변치 않을 거라고 확신하기 때문에.

내게 가장 소중한 사진

2009년 7월 10일, 노무현 전 대통령이 세상을 떠난 지 49일째 되는 날이었다. 노무현 대통령의 49재가 열리는 봉하마을 정토원에 많은 사람이 모였다. 문재인도 49재에 참석하기 위해 봉하마을에 갔다. 그는 천주교신자이지만 어느 종교의식이든 크게 개의치 않았다. 세상을 떠난 영혼을 위로하는 마음은 모든 종교가 다르지 않다고 생각했다. 문재인 뿐만 아니라 노무현 대통령의 영결식과 49재와 안장식에 참여한 사람들 마음 역시 그러했다.

노무현 대통령의 49재가 열리던 봉하마을 정토원에서 우연히 문재인을 본 시민이 있었다. 그는 가족과 함께 서울에서 봉하마을까지 먼 길을 내려왔다. 막상 도착해보니 대통령의 묘역이 제대로 정비되지 않아서 마음이 착잡했다. 작은 비석 하나만 세워 달라는 대통령의 유언이 떠올라서였을까. 흙먼지 날리는 맨땅 한가운데 아직 떼가 자라지 않은 묘소는 생전의 대통령처럼 외롭고 높고 쓸쓸해 보였다. 그 앞에서 눈시울을 훔치는 사람도 여럿 보였다.

그때 사람들 뒤쪽으로 문재인이 지나갔다. 항상 노무현 대통령 곁에 서있던 사람, 언제나 미소를 잃지 않는 사람. 그는 문재인을 그냥 보내기가 아쉬웠다. 사진이라도 남겨두고 싶었다. 그러나 침통한 표정의 문재인에게 사진 찍자는 말을 건네기란 쉬운 일이 아니었다. 누군가를 추모하고 애도하는 자리에서 기념사진을 찍는 일은 아무리 생각해도 예의에 어긋난 행동이었다. 그의 아내 역시 눈짓으로 만류했다. 지금 분위기가 얼마나 심각한데 사진이냐고 정색을 했다.

아내의 말이 옳긴 했다. 하지만 이대로 문재인을 보내면 두고두고 후회할 것만 같았다. 그는 문재인에게서 눈을 떼지 않았다. 문재인은 핸드폰으로 계속 통화를 하는 중이었다. 통화가 끝나는가 싶으면 또 벨이 울렸다. 하루 종일 그를 찾는 전화가 끊이지 않는 듯했다. 이 기회를 놓치면 문재인과 함께 사진 찍을 일이 언제 또 있을까. 그는 어떻게든 자신의 딸과 문재인을 한 장면에 담고 싶었다. 용기를 내어 문재인 앞으로 다가갔다. 어떻게 말을 꺼내야 할지 망설이고 있을 때 문재인이 잠시 통화를 멈추고 그에게 먼저 말을 건넸다.

"제게 하실 말씀이 있으십니까?"

순간 아차 싶었다. 사진 따위가 뭐라고, 내가……. 그는 부끄러운 마음에 벌게진 얼굴로 말을 제대로 잇지 못했다.

"아닙니다…… 다음에 부탁드리겠습니다."

그의 아내도 얼른 자리를 뜨자며 남편의 팔을 잡아당겼다. 그런데 문재인이 핸드폰에 대고 통화 중이던 사람에게 양해를 구하는 것이었다.

"지금 제게 무척 중요한 일이 생겼습니다. 이 일을 마친 후에 제가 다시 전화 드리겠습니다."

그런 다음 문재인은 무릎을 굽히며 그의 딸아이와 친구네 아이에게 다정하게 말을 건넸다.

"어디서 왔니? 아빠와 함께 왔나 보구나. 먼 길 와줘서 정말 고맙다."

그는 더욱 미안한 마음이 들어서 급하게 사진 몇 장을 찍은 후 감사 인사를 건넸다. 미안한 마음에 거듭 고맙다는 인사를 하며 도망치듯 자리를 떴다. 걸음을 옮기며 돌아보니, 문재인은 여전히 그 자리에서 전화 통화를 하고 있었다.

정작 중요했을지도 모를 일을 잠시 미뤄두고 처음 만나는 사람과의 인연을 더 '중요한 일'이라며 챙겨주던 문재인. 그날의 짧았지만 인상적인 만남 이후 그는 문재인의 팬이 되었다. 덕분에 문재인과 딸이 함께 있는 사진을 많이 찍을 기회도 생겼다. 하지만 그에게 가장 소중한 사진은 정토원에서 찍은 그 사진이었다. 노무현 대통령이 안장된 봉하마을 흙길에서 검은 옷의 문재인과 자신의 딸이 어색하게 서있는 그 사진 말이다.

2부

함께 가요, 행복의 나라로

구멍 난 양말

문재인이 처음 맡은 공직은 청와대 민정수석이었다. 제16대 대통령에 당선된 노무현은 문재인에게 이렇게 말했다.

"당신이 나를 정치로 나가게 했고, 대통령을 만들었으니 책임져야 할 것 아니냐."

그러면서 청와대 민정수석 비서관을 맡아달라고 부탁했다. 문재인은 쉽게 거절할 수가 없었다. 그 또한 노무현 대통령의 신의와 신념을 지지하고 있었기 때문이다. 문재인은 그 제안을 받아들이는 대신 두 가지 조건을 달았다.

"민정수석으로 끝내겠다. 그리고, 정치하라고 하지 마시라."

2003년 1월, 문재인은 검은 비닐 봉투에 속옷과 양말을 싸들고 상경했다. 그것이 부산을 떠나 서울로 오면서 챙긴

짐의 전부였다. 문재인은 종로구 평창동의 연립주택을 세 내어 서울 생활을 시작했다. 그 무렵 문재인을 만난 사람들은 양말이 그게 뭐냐, 구멍 난 양말은 그만 신어라, 하고 잔소리를 해댔다.

문재인은 청와대에서 일하는 동안 친구를 일절 만나지 않았다. 모두 연락을 끊고 일에만 몰두했다. 혹시라도 옳지 못한 청탁을 받을까봐 사적인 자리를 만들지 않은 것이었다. 문재인은 민정수석이라는 자리가 가진 영향력과 책임이 얼마나 큰지 잘 알고 있었다. 속옷과 양말이 든 검은 비닐 봉투. 그것이 청와대 생활을 하는 데 필요한 전부라고 생각했는지도 모른다. 스스로에게 한 다짐과 약속의 상징 같은 것 말이다.

아내에게도 자신이 청와대에 있는 동안은 백화점을 출입하지 말라고 했다. 공직자 부인들과의 교류에도 신중을 기울여 달라는 당부도 잊지 않았다. 그것만이 아니었다. 문재인은 동창회 등 여러 사람이 모인 자리에는 얼굴을 비추지 않았다. 고등학교 동기였던 고위 공직자가 그의 방에 들렀다가 얼굴도 못 보고 가는 일도 잦았다. 청와대 출입 기자단과도 식사나 환담 자리를 단 한 번도 갖지 않았다.

문재인은 자신의 지위로 인해 일어날 수 있는 일들을 미리 차단했다. 청와대 생활은 구멍 난 양말과도 같았다. 다른 이들에게 화려하고 좋은 모습을 보여주려고 신경을 쓰기보다,

묵묵히 자신에게 주어진 역할에 최선을 다하는 사람.

문재인의 청렴한 생활은 변호사 시절부터 비롯되었다. 부산에서 변호사를 하던 시절, 문재인은 아내에게 크게 화를 낸 적이 있었다. 아내가 아파트 청약저축에 가입했기 때문이었다. 아파트에 살고 싶은 사람에게 입주 기회를 공평하게 주기 위해 나라에서 마련한 제도가 청약저축인데, 거기 가입한 게 무슨 잘못인지 아내 김정숙 씨는 이해할 수가 없었다. 그런 아내에게 문재인은 이렇게 말했다.

"청약저축은 집 없는 사람에게 우선 분양권을 주기 위한 제도이다. 그러니까 우리처럼 집이 있는 사람은 가입하면 안 된다."

김정숙 씨는 자신들의 삶을 '부와 맞바꾼 자부심'이라고 표현한다. 사람의 가치는 권력과 지위 때문에 빛나는 게 아니다. 원칙을 지키고자 하는 신념 속에서 저절로 높아지는 법이다. 공적인 위치에 있으면서 개인의 명예를 추구하게 되면, 부정과 부패와 비리에 연루될 확률이 높아진다. 문재인은 민정수석 비서관으로 일하면서 명예를 얻기 보다는 원칙을 지키려고 노력했다.

공익을 위해 써야 할 권력을 사적 이익을 취하는 데 사용한 사람들 때문에 국민의 분노가 들끓고 있다. 문재인의 구멍 난 양말이 요즘처럼 돋보이는 때가 없다. 누구에게 드러내도 부끄럽지 않은 구멍 난 양말처럼, 문재인은 묵묵히 자신의 소신을 지키며 주어진 역할을 해나갈 것이다.

무궁화 꽃에 얽힌 사연

김영호 씨는 '봉하마을 지킴이'로 불린다. 청와대 비서관으로 일했던 김영호 씨는 노무현 전 대통령이 퇴임한 후 함께 봉하마을에 정착했다. 그때부터 지금까지 줄곧 그곳의 농사를 책임지고 있다. 그런데 김정호 씨가 청와대 비서관 시절 문재인에게 혼난 적이 있다.

"문재인 전 대표가 야생화를 굉장히 좋아해요. 자연 속에서 관찰하는 걸 즐기고 집에서 가꾸기도 하고요. 꽃 이름도 꽤 알고 기억하는 꽃말도 많더라고요. 제가 청와대 비서실에 근무할 때 가까운 곳에 무궁화 밭이 있었어요. 그런데 누가 무궁화는 1년에 3개월 정도만 피고 꽃 한 송이 한 송이는 하루가 지나면 죽는다고 하더라고요."

어느 날 김정호 씨는 문재인에게 무궁화가 얼마나 오래 가는지 아느냐고 물었다. 문재인은 "글쎄……." 하면서 말끝을 흐렸다.

"이 꽃이 하루살이랍니다. 하루 피었다가 이튿날 떨어져버린대요."

"그렇나? 그럴까……."

며칠 뒤 문재인은 김정호 씨에게 "그거 있잖아, 이틀이 지나도 안 떨어지던데?"라고 했다.

"무궁화에 표시를 해놓고 정말 하루 만에 꽃이 떨어지는지 관찰을 한 거예요. 알고 보니 꽃 한 송이는 3~4일 정도 가고 전체 2,000~3,000개 정도가 피었다가 3개월 후에 진다고 하더라고요. 사소한 일화지만 그때를 생각하면 지금도 식은땀이 나요. 그 뒤로는 물어보기만 하지 먼저 아는 척 안 합니다."

김정호 씨는 어설프게 아는 척 했다가 직장 상사였던 문재인에게 일격을 당한 셈이었다. 틀렸다고 화를 내는 것보다 사실 여부를 확인해서 바로잡아주는 쪽이 아랫사람 입장에서는 더 뼈아프고 긴장될 수밖에 없다.

이후 김정호 씨는 문재인에게 보고할 때 모든 자료를 하나하나 꼼꼼하게 검토했다. 순하게 보이는 문재인이 어떻게 왕수석으로 불리며 청와대를 이끌었는지 궁금했는데, 김정호 씨의 에피소드가 의문을 풀어줬다. 뭐든 잘 받아줄 것 같은 인상이지만 스스로 납득하거나 확인하지 않은 채 어설프게 수용하는 일은 없었던 것이다.

대통령의 지적 능력이 얼마나 중요한지 이명박, 박근혜 정권을 거치면서 우리 국민들은 절실히 깨달았다. 대통령이 아랫사람의 머리를 빌린다고 하지만, 그보다는 측근들이 대통령의 몸을 빌려 국정을 좌지우지하는 경우가 훨씬 더 많았다. 아랫사람의 감언이설과 왜곡된 보고에 흔들리지 않고 중심을 바로 잡는 대통령이 우리에게는 필요하다. 문재인은 아랫사람에게 휘둘릴 사람이 아니란 건 확실해 보인다.

무궁화 에피소드에는 문재인의 또 다른 장점이 엿보인다. 바로 듣기다. 문재인은 한 번도 말 잘한다는 얘기를 들어보지 못했다. 초등학교 시절 수업시간에 선생님이 질문하면 손을 들고 대답해본 적도 없다. 지금도 많은 사람들 앞에 서면 긴장해서 심호흡을 크게 하곤 한다. 그런 그가 수십 년을 변호사로 살았다. 말을 잘 못하는 사람이 하루아침에 달변가가 될 리 없는데, 30년 가까이 말로 남을 변호하는 일을 한 것이다.

문재인은 말을 잘하는 변호사가 아니었다. 열정적으로 웅변하고 제 주장을 펼치는 재주도 없었다. 하지만 듣는 일만큼은 누구보다도 잘했다. 열심히 들었고, 마음을 다해 경청했다. 말을 잘하려고 애쓰기보다 먼저 듣고 사람을 이해하는 게 순서라고 생각했다. 입 대신 귀를 활짝 연 것이다. 문재인이 발견한 새로운 길이었다.

문재인은 굳이 많은 말로 변호하지 않아도, 화려한 말솜씨로 좌중을 사로잡지 않아도, 진심을 전할 수 있다는 걸 경험으로 알고 있었다.

무궁화 꽃이 하루 만에 진다는 이야기에 의문을 갖는 사람이 얼마나 될까? 대부분은 그러려니 하고 넘어가지 않을까? 하지만 듣는 걸 잘 하는 문재인은 그냥 넘어가지 않았다. 문재인이 듣는 노력을 하지 않았다면 김정호 씨의 말에서 의문스런 부분을 발견하지도 못했고 직접 확인해볼 생각도 못했을 것이다. 문재인의 듣는 노력이 원활하게 소통하는 부드러운 리더십을 만든 것이다.

따뜻한 원칙주의자

1980년대 초 부산에서 변호사를 시작한 뒤부터 2003년 참여정부에서 공직을 맡을 때까지, 문재인이 어떤 일을 했는지는 구체적으로 알려지지 않았다. 그럼에도 사람들은 문재인이 부산·경남지역 노동자들의 인권을 대변하는 변호사로 활동했다는 사실은 잘 알고 있다.

2003년 부산 민주공원에서 부산지법과 부산고법 노동사건 판례모음집을 10권 분량으로 발간했는데, 그 책에 따르면 변호사 문재인은 집단적 노사관계 관련 소송이나 비개별적 노사관계 사건 가운데 해고 관련 소송을 거의 도맡아 변론했다. 수임 사건이 많으니 수입도 상당했을 것 같지만 실상은 전혀 그렇지 않았다.

해고 노동자들은 살림살이가 넉넉하지 않은 경우가 대부분이었다. 산업재해 관련 소송과 달리 해고 노동자들의 소송은 승소율도 낮았다. 수임료는 터무니없이 낮았고, 그마저도 외상이거나 무료인 경우가 허다했다. 게다가 노동쟁의 사건은 소송 당사자 수도 많고 검토해야 할 관련 기록도 산더미였다. 때문에 대부분의 변호사들은 노동쟁의 소송을 꺼려했다. 오직 문재인 변호사만이 노동 현장에서 부당한 처우를 받는 사람들의 신문고 역할을 떠맡았다.

문재인은 소송 기록을 직접 읽기로 유명했다. 그러다보니 사무실에 지인이 찾아오면 무안을 당할 때가 많았다. 인사차 들른 친구에게도 "뭐 하러 일부러 여기까지 찾아오느냐."며 사건 서류에서 눈을 떼지 않을 정도였다. 문재인은 노동자들에겐 더할 나위 없이 친절한 변호사였지만 동료들에겐 무뚝뚝한 친구였다.

변호사 문재인이 「(사)노동자를 위한 연대」 부설 노동상담소 소장으로 있을 때였다. 노동조합원이나 활동가를 대상으로 법률 교육을 많이 했는데, 주로 문재인이 강의를 맡았다. 책정된 강의료는 3만원이었다. 그런데 다른 강사들은 강의료를 사양하거나 뒤풀이 비용에 보태곤 했는데, 문재인은 꼬박꼬박 3만원을 챙겨갔다. 강의료는 자신의 합법적(?) 수입이니 꼭 받아가야 한다는 거였다. 뒤풀이에 참석해서도 정해진

회비만 냈다. 한번도 2차를 가는 일 없이 1차에서 자리를 떴다. 그런 그가, 「(사)노동자를 위한 연대」의 회비는 늘 두 배를 냈다. 지역 단체의 열악한 재정을 잘 알기에 부산의 여러 단체 후원에도 발 벗고 나섰다. 문재인을 두고 '원칙주의자'라는 말이 나오는 건 아마도 이런 태도 때문일 것이다.

정치인 문재인을 두고 '답답하다'고 하는 사람이 더러 있다. 원칙을 고수하는 성격 탓도 있지만, 주된 이유는 말수가 적다는 거다. 그런데 문재인이 말을 적게 하는 데는 까닭이 있다.

주로 노동자들의 소송을 맡으면서, 승소율 낮은 재판을 해오면서, 문재인이 결심한 것은 그들의 이야기를 끝까지 들어주자는 거였다. 힘 있고 돈 있는 사람들이 귀기울여주지 않아서 억울하고 마음 상한 노동자들의 이야기를, 자신만은 소중하게 들어주자고 다짐한 것이다.

두서없이 펼쳐지는 억울한 사연을 매일 듣는 건 고단할 일임에 틀림없다. 그럼에도 문재인이 그들의 말을 자르지 않고 끝까지 경청하는 이유는 단 하나였다. 자신의 하소연을 들어주는 사람이 있다는 것만으로도 힘없는 사람들은 내일을 살아갈 기운을 얻기 때문이었다.

정치도 다르지 않다고 문재인은 생각한다. 국민을 향해 자신의 생각을 전달하는 것도 중요하지만, 바람직한 정치란 국민의 목소리에 먼저 귀를 기울이는 것이라고 여긴다. 그런 생각은 문재인을 잘 듣는 사람으로 만들었다.

기자들이 문재인의 장점을 이야기를 할 때 단골로 나오는 이야기도 비슷하다. 문재인은 기자들의 전화를 직접 받기로 유명하다. 청와대에서 일을 하던 시절에도 그는 가능하면 직접 전화를 받았다. 당장 통화하기가 어려울 때는 나중에 전화하겠다는 문자를 잊지 않고 보냈다.

지위고하를 막론하고, 자신을 찾는 사람이라면 언제나 직접 소통하려고 애쓰는 문재인의 모습은 지금도 변함없다. 그러므로 그는 원칙주의자가 맞다. 그러나 답답한 사람은 결코 아니다. 문재인 만큼 다른 사람의 말을 귀담아 듣고 그 사람의 마음에 공감하며 소통하는 사람이 또 있을까. 말을 잘 하는 사람이 열린 사람이 아니라, 말을 잘 들어주는 사람이 진정으로 열린 사람이다. 문재인처럼 자신의 귀를 활짝 열어놓은 사람 앞에서 답답해할 사람은 아무도 없을 것이다.

북악산 개방 뒷얘기

"문재인이 '그렇게 해야 합니다' 하면 정말 그렇게 해야 한다는 생각이 들었습니다. 문재인이 '그렇군요' 하면 위로가 되었습니다. 문재인이 '그렇게 하면 안 됩니다'라고 말하면 정말 그렇게 하면 안 된다는 확신이 들었습니다. 함께 일을 해보면 무한 신뢰를 보내게 되는 사람, 그가 바로 문재인입니다."

베스트셀러 『나의 문화유산답사기』의 작가 유홍준 씨의 말이다. 참여정부에서 문화재청장을 지낸 그는 지난 대통령 선거 때 문재인 후보를 위해 TV 찬조연설을 한 적이 있다.

지금은 신분증만 소지하면 누구나 오를 수 있지만, 2007년 이전까지 북악산은 일반인에게 출입이 금지된 지역이었다. 북악산 입산이 금지된 이유는 1968년까지 거슬러 올라가야 한다.

1968년 1월 21일, 북한 특수부대원들이 청와대를 목표로 침투한 사건이 일어났다. 이른바 1·21 사태이다. 북한 124 군부대 소속 서른한 명의 대원이 한국군으로 위장하고 수류탄과 기관단총으로 무장한 채 서울까지 잠입했다. 그들의 목적은 청와대 습격과 정부 요인 암살이었다. 그런데 세검정 고개 자하문을 통과하려다 비상근무 중이던 경찰의 불심검문을 받고 발각되었다. 그들은 수류탄을 던지고 기관단총을 난사했다. 그곳을 지나던 시내버스에도 수류탄을 던져서 많은 시민들이 죽고 다쳤다. 그 후 이와 같은 비극적 사건이 되풀이 되는 걸 막기 위해 북한 특수부대원들의 침투경로였던 북악산은 폐쇄되었다.

오랜 세월 동안 출입금지 지역이었던 북악산이 일반인에게 전면 개방된 데에는 당시 청와대 비서실 민정수석의 숨은 노력이 컸다는 게 유홍준 씨의 증언이다. 당시 민정수석은 문재인이었다.

2004년 10월의 어느 날이었다. 가을 하늘은 푸르고 공기는 맑았다. 산책이나 등산하기 딱 알맞은 날씨였다. 노무현 대통령이 유홍준 문화재청장에게 산림청장과 함께 북악산을 등반하자고 했다. 정상에 오르자 관악산까지 한눈에 보이는 풍광이 펼쳐졌다. 갑자기 노무현 대통령이 유홍준 청장에게 부탁을 했다. 북악산을 더 이상 대통령이 독차지하지 말고 이제 국민에게 돌려주자는 내용의 글을 신문에 기고해달라는 것이었다. 유홍준 청장은 대통령의 말씀을 북악산 개방을 우회적으로 지시한 것으로 받아들였다. 당장 서울 성곽 실태 조사에 들어갔다. 그러자 경호실에서 놀란 목소리로 연락을 해왔다. 대통령께서 신문에 글을 기고하라고 하셨지 언제 개방하라고 하셨냐는 거였다.

당황한 유홍준 청장은 문재인 민정수석에게 도움을 청했다. 경호실은 청와대 경호를 이유로 북악산 개방에 반대했다. 국방부, 산림청, 서울시 등 정부 내 각 부처는 자기 일이 아니라고 손을 놓았다. 문재인은 유홍준 청장의 이야기를 묵묵히 다 듣고 나더니 "함께 추진해봅시다."라며 힘을 보태주었다. 그러면서 반대 의견을 억지로 눌러서는 안 된다며 절충안을 만들어보자고 했다. 유홍준 청장은 북악산 전체를 개방하는 게 아니라 서울 성곽을 개방하면 북악산 개방과 비슷한 결과를 가져온다는 안을 내놓았다. 결과는 성공이었다. 북악산 개방이 확정되고 난 뒤, 유홍준 청장은 문재인에게 물었다.

"북악산 개방에 왜 그리 적극적이셨습니까?"

"우리 문화유산을 함께 보고 느껴야지 그 가치가 더 높아지는 거 아니겠습니까? 선조들이 국민 모두에게 남긴 유산인데 이렇게 막고 있으면 안 되는 것이지요."

유홍준 청장은 자신이 할 말을 대신해주는 문재인의 신념과 추진력에 놀랐다. 민정수석 업무가 바빠서 매일 과로를 하던 때였다. 그 와중에도 단호하고 주저 없는 문재인의 일 처리 능력을 경험한 유홍준 청장은 감탄했다. 문재인을 직접 보고 겪은 그가 문재인의 능력과 인간성에 무한 신뢰를 보내는 건 당연한 일이었다.

콩나물국밥과 노무현 대통령

2009년 5월 23일은 문재인에게 너무나 고통스러운 날이었다. 경남 양산의 부산대병원에서 마주한 노무현 전 대통령은 인공심장박동장치의 도움으로 간신히 연명하고 있었다. 의학적으로는 이미 사망한 상태였다. 전혀 가망이 없었다. 생전에 노무현 대통령은 "노무현의 친구 문재인이 아니라 문재인의 친구 노무현이다."라고 할 만큼 두 사람의 사이는 각별했다.

문재인은 하늘이 무너지는 심정이었다. 하지만 대통령의 가족과 주변 사람들을 떠올리며 스스로를 다잡았다.

'나까지 정신을 놓으면 안 된다, 뭘 해야 할지 생각해야 한다, 당장 해야 할 일이 뭔지 내가 판단해서 결정해야 한다, 정신 차려라, 침착하자.'

문재인은 무너져 내리려는 자신의 몸과 마음을 끊임없이 일으켜 세우며 다그쳤다. 문재인은 그렇게 '친구' 노무현을 떠나보냈다.

1982년 8월 이전까지만 해도 문재인과 노무현은 생판 모르는 사이였다. 노무현은 부산에서 최초로 합동법률사무소를 열만큼 앞서 가는 변호사였다. 부민동 허름한 사무실에서 문재인은 처음으로 노무현과 마주앉았다. 노무현은 문재인이 여태 만나왔던 법조인들과는 분위기가 사뭇 달랐다. 일단 젊었다. 소탈했고, 솔직했고, 친근했다. 금방 동질감이 느껴졌다.

노무현 역시 그랬던 모양이다. 그는 사법연수원을 갓 수료한 문재인에게 자신의 꿈을 말해주었다. 깨끗한 변호사가 되고 싶다고. 다른 솔깃한 제안은 아무 것도 없었다. 그날 문재인은 노무현과 함께 일하기로 결정했다. 「변호사 노무현·문재인 합동법률사무소」가 탄생하는 순간이었다.

1988년, 노무현은 아무런 연고도 없는 부산 동구에서 국회의원 출마를 했다. 선거 구호는 '사람 사는 세상'이었다. 정치인 노무현의 '사람 사는 세상'이라는 구호는 그가 대통령에 당선될 때까지 이어졌다.

2003년, 노무현은 대통령으로, 문재인은 민정수석으로 청와대에 함께 들어갔다. 노무현 대통령이 문재인에게 민정수석을 맡아달라고 부탁했을 때, 문재인은 딱 두 가지를 요구했다.

"민정수석으로 끝내겠습니다. 그리고, 정치하라고 하지 마십시오."

노무현 대통령은 흔쾌히 동의하며 기뻐했다. 그렇게 두 사람의 동행은 이어졌다. 노무현 대통령의 임기가 끝나고 청와대를 떠나는 날에도 두 사람은 함께였다. 2008년 2월, 문재인은 노무현 대통령 내외와 함께 서울역에서 기차를 타고 봉하마을로 향했다. 밀양역에 내리자 많은 인파가 마중 나와 있었다. 노무현 대통령은 역 광장에 모인 사람들을 향해 인사를 하면서 큰 소리로 외쳤다.

"야~ 기분 좋다!"

문재인도 함께 속으로 소리를 질렀다.

'야, 나도 해방이다.'

노무현 대통령은 봉하마을에, 문재인은 경남 양산에 터를 잡고 가끔 서로 왕래했다. 그때마다 좋았다. 두 사람의 동행은 언제까지나 그렇게 이어질 줄로 알았다. 2009년 5월 23일의 그 일이 있기 전까지는.

문재인은 요즘도 가끔 꿈에서 그분을 만난다. 그런데도 꿈에서 보고 싶은 얼굴이 있냐고 누가 물으면 "우리 노무현 전 대통령."이라고 대답한다. 여러 번 꿈에서 만났지만 대화를 나누지 못해 아쉽다면서 봐도 또 보고 싶단다. 꿈을 그렇게 꿨는데도 또 꾸고 싶단다.

문재인이 노무현 대통령을 모시고 전주를 방문한 적이 있었다. 1박을 한 다음날, 비서실장 문재인과 참모진은 대통령 몰래 전주 남부시장의 유명한 콩나물국밥집에 가서 아침을 먹고 왔다. 뒤늦게 그 사실을 알게 된 노무현 대통령은 무척 서운한 표정으로 말했다.

"어떻게 그 맛있는 콩나물국밥을 나만 쏙 빼놓고 먹고 올 수 있나?"

이젠 정말로 그분만 쏙 빠지고 없지만, 문재인은 문득문득 그분과의 추억을 떠올리며 혼자 쓸쓸하게 웃곤 한다. 또 꿈에서 뵈면 이 한 마디를 꼭 하고야 말겠다고 다짐하면서.

"대통령님, 콩나물국밥 한 그릇 하러 가입시더!"

불이 되고 호랑이가 되리라

2009년 5월 29일, 서울광장에서 노무현 전 대통령의 영결식이 열렸다. 이명박 대통령이 헌화를 하는 순간, 민주당 백원우 국회의원이 자리에서 일어나 그를 향해 소리를 질렀다.

"정치 보복 사죄하라."

백원우 의원은 나중에 "노무현 전 대통령의 죽음은 이명박 대통령의 정치 보복이므로 그에 대해 사죄해야 한다는 것을 알리고 싶었다."고 했다. 백 의원의 돌발 행동으로 분위기가 어색해져 있을 때, 뜻밖의 일이 벌어졌다. 문재인이 이명박에게 머리를 숙이며 사과한 것이다. 상주 역할을 맡고 있던 문재인은 조문 온 사람에 대한 예의가 아니라고 판단했던 것이다. 그 순간의 문재인에 대해 팟 캐스트 「김어준의 뉴스공장」

을 진행하는 김어준 씨는 이렇게 말했다.

"보통 그런 상태에선 범인에게 피해자가 사과한다는 건 있을 수 없고, 만약 그랬다면 분노하기 마련인데, 문재인이 사과를 하니까 비겁하거나 쓸데없다고 느껴지는 게 아니라 경우가 바르다는 생각이 퍼뜩 들었어요."

타고난 에티튜드의 힘, 흉내 내거나 훈련만으로는 소유할 수 없는 문재인만의 힘을 김어준 씨는 그 순간 포착해냈다. 문재인이야말로 박근혜와 맞설 수 있는 유일한 사람이라는 걸 김어준 씨는 알아버린 것이다. '저 사람이다. 저 사람만이 박근혜와 똑같은 지점에서 맞설 수 있는 사람이다'라고.

지난 대선 때 김어준 씨는 문재인을 유력한 당선자로 점쳤다. 그 이유는 명확하고 단순했다.

문재인과 박근혜는 둘 다 사사로운 사람들이 아니라는 강점이 있었다. 그러나 두 사람의 '사사롭지 않음'은 뿌리부터 달랐다. 박근혜의 사사롭지 않음은 사사로울 필요가 없어서였다. 박근혜에게 국가는 아버지이고, 정치는 효도이자 제사이며, 생활은 관념이었다. 게다가 그녀는 날 때부터 최상급 금수저여서 자연인의 사사로운 삶에 대해선 알지 못했다. 박근혜는 취직하고, 승진하고, 월급 오르고, 아이 낳아 키우고, 집 사고 늘려가는 일상을 겪어보지 못했다. 정치는 결국 삶과 생활을 살피는 것인데 그녀는 평범한 사람들의 삶을 몰랐다. 모든 게 다른 세상의 이야기에 불과했다.

반면 문재인의 사사롭지 않음은 오로지 그의 선택이었다. 그가 지난 대선에 출마했을 때, 사람들은 그가 대권욕에 눈이 멀거나 사리사욕을 챙기기 위해서 출마한다고 생각하지 않았다. 그의 지나온 삶이 그것을 증명해주고 있었다.

문재인의 자리에선 사사로운 선택을 하는 게 편하게 사는 지름길이다. 하지만 그의 선택은 늘 남달랐다. 가난한 집안에서 자랐으나 성공에 전혀 도움이 되지 않는 학생운동을 한 점, 제대 이후에도 학생운동을 계속하다 구속되고 옥살이를 한 점, 사법연수원 수료 후 대형 로펌의 영입 제안을 거절하고 부산에서 인권 변호사 생활을 시작한 점, 그의 인생사를 훑어보는 것만으로도 검증은 충분했다.

김어준 씨의 판단은 전적으로 옳다. 검증은 청문회나 토론회로 하는 게 아니다. 그 사람의 드러난 삶을 살펴보면 단번에 알 수 있는 일이다. 문재인은 얼마든지 사사로울 수 있었으나 품성과 지성의 힘으로 늘 사사롭지 않은 길을 선택해온 사람이다.

김어준 씨의 확신에 찬 예언에도 불구하고 지난 대선은 실패로 끝났다. 하지만 "문재인이 유일하게 이길 수 있다."라는 그의 말은 여전히 유효하다. 박근혜 탄핵이 결정된 후, 김어준 씨는 문재인을 인터뷰한 적 있다. "국민은 문 전 대표가

급변하는 이 정국을 앞장서서 헤쳐 나가기를 바란다."는 그의 말에 문재인은 이렇게 대답했다.

"저는 과거 민주화운동을 할 때부터 지금까지, 세상을 바꾸는 일을 회피한 적이 없습니다. 분명한 원칙을 가지고 멀리 있는 목표를 향해 나가는 뚝심이 역사를 바꾸지요. 저는 평생을 흔들리지 않고, 유·불리 따지지 않고, 뚝심 있게 살아왔다고 자부합니다. 제가 전면에 나설 때가 되면 불이 되고 호랑이 같은 문재인을 볼 수 있을 겁니다. 그런 시간이 다가오고 있어요. 촛불 민심을 받들어 국가를 개조하고 청소하는 것, 모두 제가 감당해야할 일입니다."

문재인이 불이 되고 호랑이가 되어 나설 때가 얼마 남지 않은 것 같다.

김대중 대통령과의
마지막 식사

2009년 8월 18일, 김대중 전 대통령이 서거하셨다. 해마다 8월 18일이 되면 많은 사람들이 김대중 대통령을 추모한다. 문재인도 매년 빠지지 않고 추모식에 참여한다. 광주 오월의 집을 방문한 문재인은 어머니들과 대화를 나누는 자리에서 이런 이야기를 털어놓은 적이 있다. 자신을 정치에 나서도록 결심하게 만든 사람이 김대중 대통령이라고.

"제가 정치에 뛰어든 이유는요, 김대중 대통령님이 돌아가시기 전, 입원 직전에 바깥에서 할 수 있는 마지막 식사를 같이 한 적이 있었습니다. 이유는, 노무현 대통령님이 서거하셨을 때 김대중 대통령님은 '내 몸의 절반이 무너진 느낌이다'라는 말을 하시면서 애통해 하셨습니다. 분향소와 영결식이 이루어진 그 더운 여름 땡볕에 장시간 참석하셨고 그 와중에도 통곡을 멈추지 않으셨고요. 마음의 병이 깊어지면 몸의 병 또한 깊어진다고 김대중 대통령님은 그 때문에 건강이 많이 상하신 상태였습니다. (저는 그것이 그분이 일찍 돌아가시게 된 원인이 되었다고 생각하기도 합니다.) 저희는 그게 너무 고마워서 같이 식사 자리를 마련하게 되었습니다. 그때 김대중 대통령님과 이희호 여사님 내외분이 오셔서 자리를 함께 했는데, 김대중 대통령님은 이미 건강이 많이 상하셔서 혼자서 식사를 못하시는 상황이었습니다. 이희호 여사님이 식사를 떠드리는 그런 상황에서도 김대중 대통령님이 오랫동안 힘주어 말씀하신 것이 있습니다.

'내가 평생을 통해 이룩한 민주주의, 민생, 남북관계가 무너지는 걸 보고 있자니 꿈을 꾸고 있는 게 아닐까 하는 생각이 들 정도다. 이제 정권 교체를 꼭 해야 한다. 그러기 위해서는 야권이 통합해야 한다. 민주당 세력이 7이고 통합 대상이 3이라고 할 때, 민주당이 7의 지분을 가지고 통합 대상에게 3의 지분을 주려고 하면 통합은 안 된다. 7의 세력을 가진 민주당이 3을 가지고, 3의 세력을 가진 상대방에게 7을 내준다는 자세를 가져야 통합이 가능하다. 그런 자세로 야권대통합을 꼭 해서 반드시 정권 교체를 이루라. 나는 늙고 병들어서 오래 못갈 거 같다. 당신들 후배들이 해야 된다.'

그렇게 간곡하게 말씀하셨습니다. 그러고 바로 입원하고 돌아가셨으니 그 말씀이 저희에게 유언이 되신 셈이죠. 제가 그 말씀 때문에 정치에 뛰어든 것입니다. 그 말씀 때문에 '혁신과 통합 운동'에서 저는 통합 운동을 했습니다."

문재인은 그 뒤 민주통합당 창당에 참여하고 총선에 출마하고 대선 후보가 되는 등 오늘날까지 정치인의 행보를 이어오고 있다. 그런 의미에서 문재인이 정치인으로써 걸어온 길은 김대중 대통령의 유언을 가슴에 새겨가는 과정이자 그것을 실현해가는 과정이라고 할 수 있다.

문재인은 아직도 김대중 대통령을 생각하면 마음이 무겁다. 김대중 대통령의 유언을 받들기 위해 정치의 길로 들어섰지만, 민주주의를 열망하던 그분의 유언을 아직 이루지 못했기 때문이다.

정권 교체를 이루지 못한 채 분열된 야권을 볼 때마다 문재인은 김대중 대통령을 떠올린다. 김대중 대통령이 고난의 세월을 인내하며 다져놓은 민주주의의 초석 위에 국민 모두

가 행복하게 살아가는 아름다운 나라를 만들어야 한다고, 문
재인은 매일 그런 다짐을 하며 하루를 시작하고 있다.

유민 아빠와 함께 한 열흘

2014년 8월 15일, 세월호 희생자 김유민 학생의 아버지 김영오 씨가 서울 광화문 광장에서 33일째 단식을 이어가고 있었다. 김영오 씨가 원하는 건 단 하나였다. 세월호 특별법을 하루 빨리 통과시켜서 국민이 안전하게 살 수 있는 나라를 만들어 달라는 것이었다. 그는 생수와 미음만 조금씩 섭취하며 점점 야위어가는 몸으로 광장을 지키고 있었다.

그날 문재인은 유민 아빠 김영오 씨를 위로하기 위해 단식장을 찾았다. 김영오 씨는 세월호 상징 목걸이를 문재인에게 걸어주면서 "세월호 특별법이 빨리 통과되도록 노력해 달라."고 부탁했다.

이튿날인 8월 16일, 단식 34일째의 김영오 씨는 한국을 방문 중인 프란치스코 교황을 만났다. 하루 전날 대전에서 열린 성모승천대축일 미사 직전, 교황은 세월호 유가족 열 명을 따로 만났다. 그 자리에서 유가족은 광화문에서 단식 중인 김영오 씨를 꼭 안아달라는 부탁을 했다. 그 말을 잊지 않은 교황은 광화문에서 시복미사가 열리기 전 카퍼레이드를 하다 차를 멈추고 내려서 김영오 씨를 만난 것이었다.

교황을 만난 김영오 씨는 "다시는 이런 참사가 일어나지 않게 특별법이 제정되도록 도와주십시오. 제가 편지를 준비했는데, 잊어버리지 말아주십시오, 세월호를⋯⋯."이라고 말했다. 통역을 통해 그 말을 전해 들으면서 교황은 김영오 씨의 손을 꼭 잡은 채 고개를 끄덕였다.

그러나 많은 이들의 간곡한 바람과는 달리 정부는 별다른 대책을 내놓지 않은 채 김영오 씨와 세월호 유가족을 방치했다. 김영오 씨와 세월호 유가족은 광화문 광장에서 하루하루를 힘겹게 버텨 나갔다. 세월호 유가족의 시계는 2014년 4월 16일에서 멈춰 있었다. 사랑하는 아이를 잃어버린 창망함과 정부에 대한 배신감으로 온전한 정신을 유지하기 힘든 나날이었다.

2014년 8월 19일, 문재인은 단식 37일째에 접어든 유민 아빠 김영오 씨를 설득하기 위해 다시 광화문 광장을 찾았다. 단식을 계속하면 목숨이 위태로운 상태였다. 김영오 씨가 단식을 그만 두면 자신이 대신 단식을 이어가겠다는 뜻도 전했다.

그러나 김영오 씨는 의지를 굽히지 않았다. 그의 뜻을 확인한 문재인은 자신도 광화문 광장에서 동조 단식을 하기로 했다. 한 사람의 국민으로서 김영오 씨를 도울 수 있는 방법은 그것뿐이라고 문재인은 생각했다.

문재인은 물과 효소차 등 최소한으로만 섭취하며 단식을 했다. 준비도 없이 갑작스레 시작한 단식이어서 하루하루가 힘겨웠다. 그러나 그에게는 육체의 고통보다 마음의 고통이 더 컸다. 성냥개비처럼 비쩍 말라가는 김영오 씨를 외면하는 것보다, 그의 곁에서 함께 단식을 하는 게 오히려 더 편했다.

그렇게 문재인은 김영오 씨의 곁을 열흘 동안 지켰다. 그동안 문재인은 광화문 광장에 있는 다른 평범한 사람들과 똑같이 행동했다. 아침이 되면 같이 줄을 서서 시청 화장실을 이용했고, 밤이 되면 천막에 누워 옆 사람의 숨소리를 들으며 잠을 청했다. 비서나 보좌관 하나 곁에 두지 않고 오롯이 혼자 그곳에 있었던 것이다.

그 사람이 과연 올까?

2015년 4월 25일 네팔의 수도 카트만두로부터 80km 떨어진 곳에서 진도 7.8의 강력한 대지진이 일어났다. 진도 4.2~5.7 사이의 여진이 32차례나 이어져 네팔 국민들의 공포는 극에 달했다. 1934년 네팔-비하르 지진 이후, 가장 강력한 지진이었다. 전 세계에서 구호 인력을 보내고, NGO나 UN과 같은 국제기구에서도 발 벗고 구호활동에 나섰다.

시작은 UN이 지진복구 사업을 어떻게 하는지 설명도 하고, UN에서 일하는 한국인 직원들과 만나는 자리를 마련해 보자는 아이디어였다. UN직원 김형준 씨는 반신반의했다. 의도는 좋지만 우리가 부른다고 문재인이라는 사람이 과연 올까 싶었다. 그러나 우려했던 것과 달리 문재인은 선뜻 만남에 응했다.

막상 문재인이 온다고 하자 여러 가지 걱정이 생겼다. 고급 승용차에서 기자와 보좌관들이 줄줄이 내리는 건 아닌지, 카메라를 든 사람들이 멋진 장면을 만들어내려고 가식적인 연출을 요구하진 않을지, 별별 생각이 다 들었다. 그렇게 되면, 애초 의도했던 비정치적 만남이 정치적 만남으로 둔갑해 각종 언론에 기사화되어 입방아에 오르진 않을까, 걱정은 꼬리에 꼬리를 물었다.

걱정과 달리 문재인은 평범한 밴을 타고 도착했다. 함께 온 사람도 단출했다. 지인 두어 명과 현지 코디네이터 네팔인 뿐이었다. 사진기라곤 동행한 지인이 가지고 있는 작은 카메라가 고작이었다.

차나 한 잔 하자는 말도 놀랍기 그지없었다. 김형준 씨를 비롯한 UN직원들과 문재인은 옥상에 있는 간이 카페에서 차를 마시며 이야기를 나누었다. 네팔을 찾는 다른 '높으신 분'들과는 달라도 너무 다른 행동이었다. 대사관에서 의전을 하느라 호들갑을 떠는 일도 없었다. 단출하고 조용한 방문이 문재인의 요청이었다고 하니 더욱 놀라웠다.

김형준 씨는 문재인과의 대화를 또렷하게 기억한다. 대개 높으신 분들의 방문은 자기 이야기만 하다 끝이 나곤 했다. 젊은이를 가르치고 훈계하는 말만 늘어놓는 게 '꼰대'들의 특징인데, 문재인은 그들의 이야기를 듣는 일에 열심이었다. 돌이켜보면 당돌하다고 할 만한 장면도 있었다. 김형준 씨는 문재인의 소탈함에 용기를 얻어 평소 품어왔던 이야기를 망설임 없이 꺼냈던 것이다.

"개발협력이나 원조는 가난한 나라에 퍼주는 시혜의 개념이 아니다. 이 업계도 엄청 전문화되었고 국제규범이라는 것이 있다. K-POP 틀어주고 한국 음식 좀 가져다준다고 해서 원조가 아니다. 우리 정부가 국제사회의 일원으로 당당하려면 개발협력에도 관심을 가져야 한다."

김형준 씨는 자신이 하고 있는 일에 대한 신념과 소신을 가감 없이 밝혔다. 고개를 주억거리며 듣고 있던 문재인은 매우 구체적인 답안들을 내놓았다.

"한국의 유엔부담금이 많이 늘었지만 아직 갈 길이 멀다. 국민들을 설득하는 작업이 필요하다. 젊은이들이 국제기구에 관심이 많은데 KOICA(한국국제협력단)처럼 지원해주는 프로그램들이 많아지고 지속되면 좋겠다."

그의 말에 용기를 얻은 김형준 씨는 한 발 더 나아갔다.

"정치를 할 기회가 정치에 가까이 있는 사람들에게만 주어지는 게 아니라 각 분야의 다양한 인재들이 들어와야 한다. 대한민국을 덜 권위적인 사회로 만들어 달라. 적어도 국민을 상대할 때는 정치인들이 덜 권위적이어야 하지 않겠냐."

김형준 씨는 문재인과 대화를 나눈 경험을 이렇게 정리했다. 정치에 참여하는 방법 중 투표가 가장 좋긴 하지만, 영향력 있는 정치인을 직접 만나 이야기할 수 있다면 시민들에게는 매우 의미 깊고 효과적인 정치 참여가 아닐까. 유권자가 정치인에게 한국 정치에 관해서 하고 싶은 말을 할 수 있는 것, 그것이야말로 민주주의의 작은 광장을 만들어나가는 일일 테니까.

그날 김형준 씨는 문재인과의 만남을 통해 자신이 꿈꾸는 세상이 꿈으로만 그치지 않을 거라는 작은 믿음을 가질 수 있었다.

한국인들은 참 좋겠어요

벅터 람 씨는 네팔 사람이다. 그는 2004년부터 2007년까지 한국에서 이주 노동자로 체류했다. 그러다 허리를 다쳐 병원에 6개월간 입원을 했는데 그때 한국말을 많이 배웠다.

우여곡절 끝에 치료를 끝내고 네팔로 돌아간 벅터 람 씨는 트래킹 가이드를 시작했다. 유창한 한국어 실력 덕분에 주로 한국인 여행자를 가이드하며 지내던 어느 날이었다. 입산 신청을 위해 한국인 여행자들의 여권 사본을 받아본 그는 깜짝 놀랐다. 텔레비전에서만 보던 유명 정치인이 명단에 있었기 때문이다. 네팔 언론의 관심도 대단했다. 주요 언론들이 다투어 그의 방문 소식을 전했다.

벅터 람 씨는 떨리고 설레는 마음으로 문재인을 기다렸다.

문재인은 비서 없이 가까운 지인 두어 명과 함께 도착했다. 비공식적인 개인 일정이라면서 네팔 정부 사람들을 따로 만나지도 않았다.

12박 13일의 트래킹은 지진 피해지역을 방문하고 그들을 구호하는 게 목적이었다. 지진 피해지역 중 하나인 랑탕 코스는 안나푸르나 코스, 에베레스트 코스와 더불어 네팔의 3대 트래킹 코스로 꼽힌다. 세계에서 가장 아름다운 계곡으로 유명하지만, 힘든 코스로도 악명이 높다. 벅터 람 씨가 문재인 일행과 함께 랑탕 코스의 지진 피해지역을 지날 때였다.

"지진이 일어나기 전 이곳에는 마을이 있었습니다. 지진으로 인한 눈사태와 산사태로 마을 전체가 묻혀 버려서 지금은 벌판이 되었습니다. 땅속에는 주민 175명, 외국인 여행자, 군인 등 모두 250여 명이 아직도 묻혀 있습니다."

벅터 람 씨의 말이 끝나자 문재인은 눈물을 흘렸다. 한때 마을이 있었지만 이제는 허허벌판이 되어버린 곳을 바라보며 문재인은 펑펑 울었다. 희생자들을 위해 기도하고 땅에 나무를 심는 동안에도 문재인의 눈물은 그치지 않았다. 벅터 람 씨는 그런 문재인의 모습에 깊은 감동을 받았다.

트래킹 일정 동안 문재인은 매일 직접 손빨래를 했다. 가이드와 늘 같은 밥상에서 식사를 했다. 가이드와 여행자들은 식사를 따로 하고 쉬는 시간에도 따로 있기 마련인데, 문재인은 늘 가이드들과 함께였다.

그뿐만이 아니었다. 지진 피해가 유난히 심한 카트만두 북부를 찾은 문재인은 누왈코트 아루카카 공립 중등학교를 방문했다. 심각한 지진 피해를 입었음에도 불구하고 워낙 오지라서 구호의 손길이 미치지 못하는 곳이었다. 300여 명의 학생들이 지붕만 간신히 얹은 곳에서 공부를 하는 형편이었다.

문재인은 무너진 학교를 다시 짓는 일에 누구보다 열심이었다. 잠시도 쉬지 않고 일만 했다. 그때까지만 해도 벅터 람 씨는 정치인에 대한 편견이 심했다. 그런데 문재인을 보면서 정치인에 대한 편견을 잠시 잊을 수 있었다.

문재인이 고아원을 방문했을 때였다. 학용품과 과자를 잔뜩 사들고 찾아간 고아원에서 아이들과 함께 천진하게 웃던 문재인의 모습을 본 순간, 벅터 람 씨는 문득 생각했다.

'이 분이 대통령이 된다면 한국인들은 얼마나 좋을까?'

사람들이 슬퍼할 때 같이 울어주는 사람, 사람들과 함께 웃음을 나눌 수 있는 사람, 자신보다 항상 남을 먼저 생각하는 사람, 이런 사람이 또 있을까, 라는 생각이 들었다.

벅터 람 씨는 문재인이 한국의 정치인이라는 게 그저 부러울 따름이다. 한때 대한민국에서 노동자로 살았던 네팔 사람 벅터 람 씨는 자신의 SNS에 이런 말을 남겼다.

"이런 분이 대통령이 된다면, 많은 사람이 행복해지겠죠?"

두 사람의 메모 습관

'세상을 움직이는 1%의 아이디어는 메모에서 나온다'는 말이 있다. 메모의 중요성, 메모의 힘을 강조하는 책은 끊임없이 쏟아져 나온다. 기록의 힘은 아무리 강조해도 지나치지 않다. 오죽하면 '호모 메모리스'라는 용어가 있겠는가.

요즘 젊은이들에게는 종이에 하는 메모보다 스마트 폰 메모장이 더 익숙하다. 그럼에도 종이에 펜으로 적는 아날로그 방식 메모는 여전히 생각을 정리하는 유용한 방법 가운데 하나이다.

문재인은 어떤 방법으로 자신의 아이디어를 붙잡아둘까. 그의 메모 습관은 스마트 폰 메모장도, 두툼한 수첩도 아니다. 문재인은 A4 용지를 활용한다. 그 방법은 노무현 전 대통령의 메모 습관과 똑같다.

노무현 대통령의 비서관이었던 송인배 씨는 대통령의 메모 습관을 이렇게 기억한다.

"처음에는 말씀으로 정리하셨어요. 항시 제가 옆에서 이야기를 들었죠. 말을 꺼내는 것으로 머릿속이 정리되면 그 다음에 메모를 했어요. 볼펜과 메모지를 늘 가까이 두었죠. 제가 모시고 있을 때는 며칠간의 일정을 A4 용지에 프린트해 드렸는데 그걸 3단으로 접어서 양복 주머니에 넣고 다니셨어요. 거기에 틈틈이 메모해서 저나 다른 참모에게 전해주곤 하셨습니다."

노무현 대통령은 강연 자료를 스스로 준비하기도 했다. 2004년 5월 27일 연세대 백주년기념관에서 특강 「변화의 시대, 새로운 리더십」을 할 때는 직접 쓴 일곱 장의 메모가 강연 자료의 전부였다. 대통령이 직접 준비하겠다고 해서 보좌진들은 따로 원고를 준비하지 않았다.

메모지에는 여러 번 고친 흔적이 있었는데 지우고 쓴 내용을 강연에서 그대로 이야기할 때도 있었다. 청와대 소식지 「청와대 브리핑」에는 노무현 대통령의 메모 습관이 구체적으로 소개되어 있다.

'7월 14일 아침, 혁신관리비서관이 자리를 뜨고 부속실 직원들만 남자 대통령은 양복 상의에서 뭔가를 꺼냈다. 꼬깃꼬깃하게 접은 메모지였다. 대통령은 A4 용지를 잘 편 다음 메모 하나하나에 대해 언급하기 시작했다. 손바닥만 한 크기의 메모지였는데, 거기에는 대통령의 메모가 어지럽게 적혀 있었다. 어떤 것은 한 줄로 깔끔하게, 어떤 것은 옆으로, 그런가 하면 어떤 메모는 하단에 거꾸로 적혀 있는 식이었다. 대통령은 메모지를 옆으로 돌려서 보았다가, 다시 접어서 뒤로 돌려보았다가, 또다시 펼쳐서 거꾸로 보기를 되풀이하면서 준비해온 생각들을 얘기했다. 혹시 놓친 것은 없나 미심쩍었던지 쓰레기통에 던져 넣은 메모지를 다시 꺼내서 펼쳐 보기도 했다.'

그때그때 떠오르는 아이디어를 마구 펼쳐놓고 다시 찾아 수정하는 방법은 브레인스토밍과 닮았다. A4 용지를 가득 채운 메모에서 다양한 순간에 포착해낸 크고 작은 사유의 흔적을 만날 수 있다.

문재인도 매순간 새로운 정보를 기록하고 그 정보를 적절하게 활용하는 방안을 메모한다. 2013년 「한국사회의 탈원전, 불가능한 얘기인가」라는 주제의 토론회에서, 같은 해 국회 매니페스토 연구회 창립 토론회에서, 3단으로 접은 A4 용지를 양복 안주머니에서 꺼내 메모하는 모습을 볼 수 있었다.

문재인도 꽤 오래 전부터 3단으로 접은 A4 용지에 메모하는 방식을 애용했다. 노무현 대통령과 문재인은 워낙 오랜 세월을 함께 해온 사이여서 누가 먼저 그 독특한 메모 방식을 사용했는지는 알 수 없다. 두 분과 가까운 어떤 이는 문재인이 먼저 했고 노무현 대통령이 따라했다는, 이제는 영영 확인해볼 수 없는 증언을 남겼다.

자신만의 메모 방식을 가졌다는 건, 자신만의 사유방식과 그것을 정리하고 표현하는 방식을 가졌다는 뜻이다. 떠오른 아이디어를 붙잡아 정리하고 그것을 다양한 측면으로 발전시켜나가는 사람만이 시대를 앞서갈 수 있다. 그런 면에서 문재인은 누구보다 앞서 우리 시대를 진단하고 예측하고 있는 셈이다. 그의 3단 메모지에는 내일과 모레, 그리고 그 뒷날까지 이어질 숱한 아이디어들이 가득 기록되어 있을 것이다.

팥빙수 같이 먹읍시다

정치부 기자들은 정치인을 아주 가까이에서 지켜보는 사람들이다. 정치인들이 무슨 생각을 하는지, 그리고 어떻게 행동하는지, 꼼꼼하게 살피고 기록하는 존재들이다.

2015년은 메르스(MERS, 중동호흡기증후군) 사태, 국회법 개정안, 당 혁신 문제 등 민감하고 중요한 현안이 산적해 있던 때이다. 제1 야당의 대표를 맡고 있던 문재인의 말 한 마디 한 마디는 국민적 관심의 대상이었고 기자들은 그것을 곧장 '기사화' 했다. 그런 부담감 때문인지 문재인은 기자들과 적당한 거리를 유지하려는 태도를 보였다.

정치부에서 잔뼈가 굵은 기자들도 문재인과의 만남이 쉽지 않은데, 기자 생활을 막 시작한 인턴 기자에게 유력 정치인은 부담스러운 존재였다. 현안에 대한 심도 있는 취재는 고사하고, 공식적인 자리 말고는 대면하기도 어려웠다. 그런데 어느 날 문재인이 기자들에게 "취재하느라 고생한다."며 "팥빙수라도 같이 먹자."고 하는 일이 벌어졌다.

메르스로 격리됐던 전북 순창을 방문했을 때였다. 가뭄으로 바짝 마른 밭에는 뜨거운 햇볕이 쨍쨍 내리쬐고 있었다. 격려차 방문했던 마을에서 문재인은 복분자 농사를 돕기 위해 비닐하우스에 들어갔다.

'그늘에 있어도 땀이 줄줄 흐르는데 비닐하우스라니……'

기자들이 속으로 그렇게 생각하고 있는데, 문재인은 찜통 속에서 열심히 복분자를 땄다. 가만히 지켜보고만 있는 기자들의 얼굴과 목덜미로 땀이 비 오듯 쏟아졌다. 문재인이 일을 멈춰야 기자들도 한증막 같은 비닐하우스에서 탈출할 수 있는 상황이었다.

'이제 사진도 찍을 만큼 찍었는데, 그만 하시지……'

진짜 농부라도 된 듯 쉬지 않고 복분자를 따는 문재인이 점점 원망스러워지려는 찰나, 그의 입에서 "팥빙수 같이 먹읍시다."라는 말이 나왔다. 슬슬 지쳐가던 기자들은 그 말에 깜짝 놀랐다.

'기자들에게 틈을 주지 않는다는 분이 웬일이지?'

팥빙수는 여럿이 숟가락을 부딪혀가며 먹는 음식이다. 얼음을 잘게 부수고 팥을 고루 섞어가며 일상의 문제와 고민을 이야기하고, 오늘은 빙수 떡이 적다느니 팥이 덜 달다느니 시시콜콜한 대화를 나누는 음식이다.

무더위를 차가운 음식으로 뻥 날려버리고 싶을 때, 주변 사람들과 친밀함을 나누고 싶을 때, 시원함과 달콤함을 선사하는 팥빙수만큼 어울리는 게 또 있을까. 한국인 중에 여름철 팥빙수를 좋아하지 않는 사람이 과연 몇이나 될까. 그래서 어느 가수는 "팥빙수 팥빙수~ 난 좋아 열라 좋아~ 팥빙수 팥빙수~ 여름엔 왔다야~."라고 노래하지 않았던가.

기자들이 국회에서 본 문재인은 언제나 긴장과 걱정으로 가득 찬 표정이었다. 하지만 팥빙수 그릇을 마주한 문재인은 달랐다. 고된 하루가 끝난 뒤 가족과 함께 휴식을 취하는 아버지의 모습이었고, 살아가는 소소한 이야기를 할 때는 옆집 아저씨 같은 친근함마저 느껴졌다.

당내 갈등과 계파 문제 등으로 몸살을 앓고 있는 당의 상황, 당 대표직을 맡은 뒤 처음 치른 4·29 재보궐 선거에서 유권자의 외면을 받은 일 따위는 다 잊은 듯했다. 문재인의 편안한 얼굴은 지난 대선에서 '사람이 먼저다'라고 외치던 그 모습이었다. 그 자리에서 팥빙수를 함께 나눠먹은 모 신문사 인턴 기자는 "입안에 팥빙수를 떠 넣던 그의 모습은 낯설었지만, 사람으로선 반가웠다."고 말했다.

상대가 기자들이었기에 문재인은 말과 행동에 신경을 더 썼을 것이다. 그러나 일반인들과 어울릴 때면 '보통의 다정함'을 내보이며 소박한 따뜻함을 전하는 문재인이다. 진심을 전달하기 위해 수사적 표현 없이 곧장 말해버리는 직설 어법과, 따뜻한 애정을 담아내는 감성 화법을 적절하게 활용할 줄 아는 문재인. 열정과 냉정을 한 몸에 지닌 문재인. 그것이 그를 정치적 인간이 아니라 인간적 정치를 구현하는 사람으로 만들고 있다.

우공이산(愚公移山)

2016년의 대한민국은 그야말로 혼란의 시기였다. 1백만 명
이 훨씬 넘는 시민들이 주말마다 서울 광화문광장에 모여 박
근혜 대통령 탄핵과 정권 교체를 외쳤다. 이런 상황을 보며
문득 『감옥으로부터의 사색』을 쓴 신영복 선생이 떠올랐다.
2016년 1월 15일 세상을 떠난 신영복 선생은 생전에 이런
말을 남겼다.

"우리 국민들도 정치의 잃어버린 정도를 찾기 위해 광화
문 광장으로 나서야 한다."
"정치란 무엇인가. 평화와 소통과 변화의 길이다. 광화
문에서 다시 시작해야 하는 길이다."

오늘의 상황을 훤히 내다본 것처럼 가슴을 찌르는 말들이다. 선생의 선견으로 인해 더욱 선생이 그리워지는 날들이다.

신영복 선생은 서울대 경제학과와 동 대학원을 졸업하고 숙명여대와 육군사관학교에서 경제학을 가르쳤다. 그러던 중 1968년 통일혁명당 사건에 연루되어 무기징역을 선고받았다. 20년의 수감 생활 끝에 1988년 광복절 특별가석방으로 출소한 선생은 출소 직후 수감 생활 동안 느낀 소회와 고뇌를 편지 형식에 담은 『감옥으로부터의 사색』을 출간했다. 『나의 문화유산답사기』의 저자 유홍준 씨는 선생의 1주기에 즈음하여 「한겨레」 신문 칼럼에 이렇게 적었다.

"30년 전, 신영복 선생의 『감옥으로부터의 사색』이 세상에 나왔을 때 우리들은 벅찬 감동과 충격을 받았다. 20년이라는 세월을 감옥에서 청춘과 중년의 나날들을 파묻고 생의 창조적 열정을 삭여야 했지만 그 철저한 차단에서 오는 아픔과 고독을 깊은 달관으로 승화시켜 진주처럼 빛나는 단상들을 우리에게 선사해주었던 것이다. 정양모 신부님은 이 책이 차라리 우리 시대의 축복이라고 했고, 소설가 이호철 선생은 파스칼의 『팡세』, 심지어는 공자의 『논어』에까지 비기면서 우리나라 최고의 명상록이라고 단언하였다."

문재인도 『감옥으로부터의 사색』을 읽고 신영복 선생을 알게 되었다. 『감옥으로부터의 사색』을 처음 읽었을 때, 문재인은 '책이 좋았다'는 정도가 아니라 '책에서 향기를 맡았다'고 할 정도로 감동받았다. 그 뒤 시민운동을 하면서 문재인은 신영복 선생을 몇 차례 뵐 수 있었고, 선생의 강연을 가슴 뜨겁게 새겨들었다. 그러던 중 1999년 부산에 민주공원을 만들게 되었다. 민주공원 건립 심사위원장이었던 문재인은 민주공원 표지석 글씨와 민주항쟁기념관 벽면 글씨를 신영복 선생에게서 받았다. 앞의 칼럼에서 유홍준 씨는 신영복 선생의 글씨에 대해 이렇게 찬탄했다.

"아울러 감옥 시절에 장인적 수련과 연찬을 쌓은 글씨는 가히 한글 서예의 신경지를 여는 것으로 고요한 사색과 해맑은 서정을 일으켜 세상 사람들로부터 많은 사랑을 받아왔다.

신영복 선생의 글씨체를 나는 '어깨동무체'라고 불렀다. '여럿이 함께' '길벗 삼천리' 같은 작품에서 보여주는 필획의 어울림이 마치 어깨동무를 하고 있는 것 같은 연대감을 느끼게 해 주기 때문이다. 실제로 신영복 선생은 평소 연대감과 '관계'라는 것을 아주 중요하게 생각하였는데 글씨에서도 마찬가지였다."

신영복 선생은 생전에 문재인을 무척 아꼈다. 2012년 대선 때는 '사람이 먼저다'라는 슬로건을 직접 써서 문재인에게 선물하기도 했다. 대선 패배 직후, 신영복 선생은 누구보다 안타까워하며 문재인을 격려했다. 그러면서 '처음처럼'이라는 글씨를 보내주었다. 문재인은 신영복 선생의 글을 받고 그 뜻을 곰곰 헤아려보았다. 패배에 너무 좌절하지 말고 초심을 살려서 처음처럼 다시 굳은 길로 나가라는 격려라고 생각했다.

2012년의 대선 패배는 신영복 선생에게도 큰 충격이었다. 이전까지 선생은 뒤에서 묵묵히 문재인을 도왔다. 하지만 대선 패배 이후 신영복 선생은 더 이상 지켜보고만 있지 않겠다고 했다. 다음에는 반드시 정권 교체를 할 수 있도록 자신도 직접 팔을 걷어붙이고 나서겠다고 했다. 그 방법의 하나로 대학교 교수들과 함께 밴드를 만들겠다는 얘기도 했다. 밴드를 만들어서 전국을 다니며 청년들과 이야기도 하고 공연도 하다보면 그게 화제가 되어 정권 교체에 도움이 되는 길도 열리지 않겠냐고 했다. 그러나 신영복 선생은 그 약속을 지키지 못한 채 세상을 떠나고 말았다.

문재인은 선생과 스승을 이렇게 구분한다. 지식을 가르쳐주는 사람은 선생이고, 삶을 조금이라도 닮고 싶은 분은 스승이라고. 평생 한 번이라도 그런 스승을 만난다는 건 쉬운 일이 아니다. 단순히 옳은 길을 간다는 것만으로는 충분하지 않다. 옳은 길을 갈 뿐만 아니라 인품까지도 저절로 본받게 되는 분이야말로 참 스승인 것이다. 신영복 선생은 문재인에게 그런 분이었다.

문재인은 신영복 선생이 남긴 잠언 중에서 '우공이산(愚公移山)'을 특히 좋아한다. 노무현 전 대통령의 사저에는 신영복 선생이 써준 '우공이산'이 걸려 있다. 퇴임을 앞둔 노무현 대통령이 정권 재창출에 실패하고 참담해할 때, 선생께서 노무현 대통령의 소신과 정치철학을 격려하기 위해 써주신 글이다.

'그렇게 하루아침에 세상이 달라지는 것이 아니다. 우공이 산을 옮기듯 긴 세월 우직하게 해야 한다.'

신영복 선생은 원칙과 소신을 지키는 정치가 언젠가는 세상을 바꾸게 될 거라는 희망을 그 글을 통해 알려주신 것이다. 노무현 대통령은 선생의 글을 사저에 걸어두고 틈나는 대로 보았다. 자신의 아이디를 '노공이산'이라고 할 정도로 노무현 대통령은 그 글에 애착을 가졌다.

신영복 선생의 장례식 때 문재인은 「냇물아 흘러 흘러 어디로 가니」를 부르며 목 놓아 울었다. 울면서 다짐했다. 신영복 선생의 '더불어' 정신을 꼭 이어가겠노라고. 스승의 따뜻

하고도 큰 뜻을 '우공이산'의 정신으로 더디더라도 끝내 이루
고야 말겠노라고.

비서실장이 아니라 대통령 감

요즘 JTBC의 「썰전」에서 날카롭고 통찰력 있는 발언으로 주목을 받고 있는 유시민 씨. 그는 지난 대통령 선거 때 문재인을 가리켜 이런 말을 한 적 있다. 문재인에 대한 평가를 낮추려는 사람들이 노무현 전 대통령의 비서실장 출신이라는 말을 악의적으로 흘리던 때였다.

"비서실장이 아니라 대통령 적임자다."

노무현 대통령의 호위무사를 자처했던 유시민 씨의 발언이기에 그 말은 더욱 의미심장하게 다가온다. 두 차례의 국회의원과 보건복지부 장관까지 역임한 그의 정치 이력을 감안하면, 그 말에 실린 무게와 의미는 만만치 않다.

유시민 씨가 지켜본 바에 의하면, '비서실장 문재인'은 집

사형 비서실장이 아니었다. 군이 구분하자면, 정무형 비서실장이었다. 예를 들어 어떤 장관이 대통령께 직접 말씀드리고 싶은 문제가 있을 때, 심부름을 도맡아하는 집사형 비서실장과는 어떤 문제도 상의할 수가 없다. 또렷한 해결책이 나올 가능성이 희박하기 때문이다. 하지만 문재인은 달랐다.

보건복지부 장관 재임 시절, 유시민 씨는 국민연금제도에 큰 관심을 쏟았다. 하지만 유시민 장관이 제안한 국민연금 개혁안은 국회에서 부결되었다. 유시민 장관은 대통령을 뵙기 전에 당시 대통령 비서실장이었던 문재인을 먼저 찾았다. 왜 부결 사태가 일어났는지, 이것이 국가적으로 어떤 의미를 가진 문제인지, 이것을 다시 살려내기 위해서는 어떤 정무적 해법이 필요한지에 대해 꼼꼼하게 상의를 했다. 국정과 관련된 문제라면 무엇이든 대책을 마련할 소양과 능력을 문재인이 갖추고 있었기에 가능한 일이었다.

유시민 씨뿐만이 아니었다. 각 부처의 장관이나 국무위원급, 또는 정부의 중요 직책에 있는 사람들은 어려운 문제가 닥칠 때마다 문재인 비서실장을 먼저 찾았다. 대통령과의 상의는 그 다음 문제였다. 유시민 씨가 문재인을 두고 비서실장이 적임인 사람은 아니었다고 말하는 이유이다. 자신이 국정 운영의 한 부품이었다면, 문재인은 국정 운영의 한 축이었다고 유시민 씨는 평가했다. 당시 문재인은 각 부처의 중 대한 정책적 전략적 문제에 대해 모르는 게 없었다. 문재인의 정책 수립 능력이나 해결 능력이 빛나 보이는 건 모두 그런 경륜 덕분이었다.

"비서실장 적임자가 아니었어요. 대통령 적임자지."

그러면서 유시민 씨는 문재인과의 비화를 소개했다. 그는 문재인을 십 수 년 동안 가까이에서 보아왔다. 그 긴 시간 동안 문재인이 화를 내는 걸 한 번도 보질 못했다. 누구를 험담하는 모습 또한 본 적이 없었다.

유시민 씨는 속으로 생각했다. 이 분은 분노나 원망 같은 나쁜 감정들이 없나? 아니면 분노나 원망을 극도로 자제할 수 있을 만큼 스스로를 관리하는 경지에 오른 분일까.

유시민 씨의 눈에 비친 자연인 문재인은 고요함 그 자체였다. 그러한 자연인 문재인의 모습은 대한민국에 가장 필요한 사람의 모습이었다. 남북으로 갈라진 나라, 세대 간의 단절, 분열된 지역 사회, 계층 간의 불평등…… 여러 이유로 화합하지 못하는 대한민국. 하지만 한번 신명이 붙으면 누가 먼저랄 것 없이 앞장서는 나라, 광장에서 하나가 되어 한 목소리를 내는 나라, 이런 것들을 잘 아울러야 할 대한민국의 대통령은 마음이 고요한 분이어야 하지 않을까, 그래야 국민들도 안심하고 맡길 수 있지 않을까.

문재인에게서 대한민국의 희망을 엿봤다는 유시민 씨의

말에 공감한다. 문재인의 고요함이 곧 대한민국의 미래라는 점에도 고개를 끄덕인다. 편벽되지 않고 편향되지 않으며 편애하지 않는 소신과, 두루 살피고 널리 들으며 깊이 사유하는 꿋꿋함이 대통령의 덕목이라면, 문재인의 고요함은 그런 것들을 아우르는 힘인 것이다.

3부

어느 봄날의 선물

교실을 한 바퀴 돈 답안지

문재인은 거제에서 태어나 부산에서 성장했다. 남향초등학교를 졸업한 뒤 경남중학교에 입학했다. 경남중학교는 당시 부산에서 일류로 손꼽히던 학교였다. 그가 졸업한 남향초등학교에서도 합격자가 몇 명 되지 않을 정도였다. 방과 후 과외가 성행할 만큼 중학교 입시가 치열했던 시절이었다. 하지만 문재인은 집안 형편 때문에 중학교 입시를 스스로 준비해야 했다. 합격 통지를 받고 교복을 맞추러 가던 날, 아들을 자랑스러워하던 아버지의 모습을 문재인은 지금도 기억한다.

고등학교 입시를 치를 때도 집안 사정은 크게 달라지지 않았지만, 문재인은 수재들만 간다는 경남고등학교에 전체 수석으로 입학했다. 당시 경남고등학교는 '한강 이남에서 제일'

이라고 할 정도로 명문이었다.

어릴 때부터 수재로 이름을 떨친 문재인은 도서관에 틀어박혀 책읽기를 좋아했다. 시험 기간에도 교과서보다 책을 읽는데 더 열심이었다. 활자 중독이라 부를 만한 수준이었다. 그럼에도 그의 별명이 책벌레가 아니라 문제아였던 것은 몇 차례의 정학 때문이었다.

고등학교 2학년 때였다. 시험 시간이었다. 같은 반 친구가 문재인에게 답을 보여 달라고 했다. 문재인은 무심하게 답안지를 건네곤 교실을 나갔다. 그 답안지는 친구들의 손을 넘고 넘어 교실을 한 바퀴 돌고나서야 멈췄다. 결국 선생님한테 들키고 말았다. 반 전체가 커닝을 한 것이나 다름없는 상황이었다. 아마 선생님은 누구에게 벌을 내려야 할지 꽤 고민했을 것이다. 결국 맨 처음 답안지를 보여준 문재인과 가장 마지막에 답안지를 건네받은 친구에게만 정학이 내려졌다.

고3이 되어서는 술·담배를 하는 친구들과 어울리기 시작했다. 축구를 좋아하던 때라 공차는 친구들과도 자주 어울렸다. 봄 소풍을 가는 날이었다. 고교 시절 마지막 소풍이라서 문재인과 친구들은 남다른 추억을 쌓고 싶었다. 선생님 몰래 술을 사다 마셨는데 친구 중 하나가 몸을 가누지 못할 정도로 취하고 말았다. 선생님한테 들킬까봐 전전긍긍하던 차에 돌아갈 시간이 되었다. 친구는 선생님 앞에서 뻗어버렸고 문재인은 사실을 솔직하게 밝힐 수밖에 없었다. 친구는 곧장 병원으로 실려가 위세척을 받고 나서야 깨어났지만 정학까진 피하지 못했다.

그 해 여름방학이 끝날 무렵이었다. 문재인과 친구들은 축구시합을 마치고 학교 뒷산으로 올라갔다. 봄 소풍 때의 일은 이미 잊은 듯, 술을 마시고 담배를 피우며 고성방가를 하다 당직 선생님에게 걸렸다. 이미 한 차례 전과가 있던 지라 모두 정학을 받았다. 문재인의 고등학교 동기 중 건축가로 유명한 승효상 씨는 문재인을 신기한 친구로 기억한다.

"학교 담을 넘으면 불량 학생들이 가는 수원지가 있었는데, 거기서 종종 문재인을 목격했다. 공부도 잘하고 도통 말도 없는 친구가 왜 여기 있나, 늘 신기했다."

승효상 씨의 기억처럼, 학교를 같이 다녔던 친구들은 문재인을 수줍음 많은 모범생으로 알고 있다. 하지만 문재인은 '문제아'로 불리던 그 시절만큼 순수하고 좋았던 때는 없었다고 말한다. 그래서인지 문재인은 스스로를 '문제아였다'고 인정하는 걸 주저하지 않는다. 젊은 시절의 방황과 고통과 실패가 삶을 더 풍부하게 만드는 힘이라고 믿기 때문이다. 홀로 고고한 사람보다는, 인생의 쓴맛 단맛을 골고루 맛본 사람이 더 넓은 가슴과 더 따뜻한 마음을 가지고 있다는 걸 우리는 이미 알고 있다.

흥남사람, 문용형

문재인의 아버지 문용형의 고향은 함경남도 흥남이다. 흥남
에는 집성촌을 이룰 만큼 문 씨들이 많이 모여 살았다. 소나
무 숲에 둘러싸인 곳이어서 솔안마을이라고 했다. 큰어머니
의 표현을 빌리자면, 문용형은 '별로 공부하는 모습을 못 봤
는데'도 수재라는 소리를 듣고 자랐다. 아버지는 함흥농고
를 졸업한 뒤 공무원 시험에 합격, 함흥시청 농업계장을 거
쳐 농업과장까지 지냈다. 직업이 공무원이다보니 공산당 입
당을 강요받았으나 끝까지 가입하지 않았다. 워낙 조용한 성
품인데다 술을 마실 줄도 몰랐다. 누가 봐도 공무원이나 교
사가 체질에 맞는 분이었다. 그런 아버지가 분단과 전쟁으로
인해 당신의 삶을 잃게 된 것을 문재인은 두고두고 가슴 아

파했다.

1950년, 한국전쟁이 발발했다. 인천 상륙작전과 9·28 서울 수복을 계기로 국군은 압록강까지 나아갔다. 그런데 갑자기 중국군이 투입되면서 전세가 바뀌었다. 12월의 혹한 속에서 국군은 '흥남 철수작전'을 펼쳤다. 갑작스런 피난행이어서 많은 사람들이 빈털터리로 배에 몸을 실었다. 그 배에 탄 문용형도 한두 달 뒤에는 고향으로 돌아갈 수 있을 거라고 믿었다. 고향에 가족을 두고 온 사람이 부지기수였다. 이렇게 오랫동안 돌아가지 못하게 될 거라곤 아무도 상상하지 못했던 것이다.

흥남항을 출발한 배는 경남 거제에 도착했다. 이후 문용형은 한동안 거제에 살다가 부산으로 이주했다. 빈손으로 시작한 피난살이였으니 먹고 살 길이 막막했다. 거제도 포로수용소에서 노무자로 일하고 양말 장사도 했지만 수입은 형편없었다. 오히려 부도를 맞아 빚만 잔뜩 늘었다. 아무 연고도 없는 타향이라 기댈 데도 없었다. 실패가 거듭되자 원래 말수가 적던 문용형은 더욱 말이 없어졌다.

집안 생계는 대부분 어머니 강한옥의 몫이었다. 다들 가난하던 시절이었고 부산에는 특히 피난민이 많았다. 구멍가게를 열었으나 잘 될 리가 없었다. 구호물자 옷가지를 시장에 좌판을 깔고 팔아보기도 했으나 손에 쥐는 건 늘 푼돈이었다.

어머니는 행상으로 근근이 생계를 꾸려나갔다. "거제에서 달걀을 싸게 사서 머리에 이고, 어린 나를 업은 채 부산에 가서 팔기도 했다."고 문재인은 가난한 유년 시절의 한 장면을 떠올렸다.

어머니는 연탄 배달도 했다. 문재인도 학교를 마치고 돌아오거나 휴일이면 남동생과 함께 연탄 배달을 하러 나섰다. 한번은 연탄을 실은 리어카를 끌다가 무게를 감당 못해 길가에 처박히고 말았다. 힘이 달린 어머니가 손을 놓쳐버린 탓이었다. 문재인은 길바닥에 깨져 나뒹구는 연탄을 바라보며 안타까워하던 어머니의 표정을 아직도 잊지 못한다.

아무리 기를 쓰고 노력해도 가난에서 벗어날 길은 아득했다. 하루하루를 근근이 살아가는 날들이 이어졌다. 그럼에도 교육열만큼은 남달랐던 부모님은 문재인의 월사금은 어떻게든 장만했다. 날짜를 넘기기 일쑤였던 월사금 때문에 주눅이 들곤 했지만, 문재인은 그 시절의 가난이 자신의 삶에 큰 선물을 주었다고 여긴다. 그 선물은 '돈이 중요하긴 하지만, 가장 중요한 건 아니다'라는 믿음이다.

부모님은 지독한 가난 속에서도 자식들에게 돈이 최고가 아니라는 걸 몸소 실천하고 가르쳐주었다. 그러한 가르침은 문재인이 가난에 굴복하지 않고 가난과 타협하지 않는 힘이 되었다. 모두들 가난한 시절이었지만, 피난민이라서 더 쓰라리고 막막했던 가난이 아니었다면 절대로 얻을 수 없는 가르침이었다.

문재인에게 아버지는 격동의 현대사가 할퀴고 간 상처로 평생 아팠던 사람이다. 불운한 시대에 떠밀려 불행한 삶을 살다간 사람이었다. 문재인이 대학에서 제적당하고 구속되었다 출감한 뒤 군대에 다녀왔는데도 복학이 안 되어 두문불출하던 시절, 아버지 문용형은 세상을 떠났다. 어둠보다 더 캄캄했던 시대에 가장 불행했던 모습만 보여드린 채 아버지를 떠나보낸 게 문재인에게는 두고두고 한으로 남아있다.

어머니와 암표장사

1953년, 문재인이 태어났을 무렵 그의 부모는 경남 거제에서 피난살이를 하고 있었다. 시골집 방 한 칸에 세 들어 살던 시절이었다. 문재인의 어머니 강화옥은 만삭의 배를 집에서 풀지 못했다. 주인집 아주머니도 임신을 하고 있었던 것이다. 같은 집에서 애를 낳으면 동티가 난다는 속설 때문에 강화옥은 할 수 없이 다른 집에서 문재인을 낳았다. 문재인의 누나 이름을 따서 '재월네'라고 불리던 강화옥에게 전쟁 직후의 삶은 고단한 나날이었다.

강화옥의 고향도 함경남도 흥남이다. 흥남의 북쪽을 흐르는 성천강 건너에 친정이 있었다. 성천강에는 군자교가 있었는데, 흥남 철수 당시 미군이 군자교를 막는 바람에 강화옥의 가족은 단 한 명도 피난 행렬에 합류하지 못했다. 강화옥은 그야말로 혈혈단신이었다. 아버지 문용형은 몇몇 친척들과 함께 피난을 내려왔지만 어머니 강화옥은 그렇지 못했던 것이다. 그러니 강화옥에게 이남에서의 삶이란 뿌리가 잘린 채 떠도는 부초와도 같았다. 문재인은 어머니가 슬픔을 가장하여 농담처럼 읊조리던 말을 기억한다. 피난살이가 너무 힘들고 고달파서 도망가고 싶을 때가 많았는데, 세상천지에 기댈 데가 없어서 도망가지 못했노라고.

남편의 연이은 사업 실패 후 생계는 강화옥의 몫이 되었다. 점점 무력해지는 남편과 커가는 자식들을 위해 그녀는 광주리를 이고 손수레를 끌고 매일 집을 나섰다. 장사에는 어느 정도 잔꾀가 필요한 법인데, 주변머리조차 없는 그녀에게 장사는 참으로 고역이었다. 하지만 누구 하나 대신해줄 사람이 없었다. 타고난 성격 탓에 남에게 아쉬운 소리를 꺼내지도 못했다. 자신에게 더 가혹하고 혹독해지는 수밖에 다른 방법이 없었다.

몇 년 전 한 방송 프로그램에서 문재인은 어머니에 대한 일화를 들려준 적이 있다. 그 시절만 해도 명절 때가 되면 기차표를 구하지 못해 난리였다. 요즘도 한바탕 소란이 일기는 하지만, 예전에 비하면 많이 나아진 편이다. 지금은 집집마다 자동차도 많고, 기차말고도 이용할 수 있는 교통수단이 많다.

사회 인식 또한 크게 달라져서 암표가 유행하진 않는다. 하지만 문재인이 어렸을 때만 해도 미리 기차표를 구해다가 되파는 암표장사가 극성이었다.

문재인이 중학교 1학년 때였다. 강화옥은 암표를 팔면 얼마간의 돈을 벌 수 있다는 말을 듣고 부산역으로 나가볼 생각이었다. 그러나 혼자 부산역까지 몇 킬로미터를 걸어가자니 두렵고 엄두가 나지 않았다. 할 수 없이 잠들어 있는 문재인을 깨웠다. 아직 밖은 깜깜했다. 설 무렵 새벽바람은 칼날처럼 시렸다. 꼭두새벽에 잠이 깬 문재인은 어머니와 함께 걸어서 부산역으로 갔다.

부산역에 도착했지만 어머니는 매표소에서 멀찍이 떨어진 곳을 서성거릴 뿐이었다. 시간이 얼마나 흘렀을까. 결국 강화옥은 표 한 장 사지 못한 채 묵묵히 발길을 돌렸다. 강화옥과 문재인은 다시 몇 킬로미터를 걸어 집으로 돌아와야 했다. 아침도 굶은 채 허겁지겁 나온 터라 문재인은 배가 고팠다. 문재인과 강화옥은 고픈 배를 움켜쥐고 한참을 터벅터벅 걸었다. 집에 거의 다 와서야 어머니는 구멍가게로 들어가 문재인에게 토마토를 사 먹였다. 가게에서 그나마 싸게 살 수 있는 게 토마토였던 것이다.

그 날 일에 대해 강화옥은 아들 문재인에게 한 마디도 하지 않았다. 문재인도 더 이상 묻지 않았다. 다른 식구들은 아예 모르는 일이었다. 수십 년이 지나 문재인이 뒤늦게 어머니에게 그 날의 일을 물었다. 그때 왜 그냥 돌아오셨냐고. 강화옥은 별 설명 없이 짧게 대답했다.

"듣던 거와 다르더라, 못하겠더라."

가난을 핑계로 자식 앞에서 바람직하지 못한 일을 하는 게 부끄러웠던 것 같다고, 문재인은 어머니의 짧은 대답 속에 담긴 마음을 짐작할 뿐이다. 이런 일들을 통해 문재인은 가난에 굴복하지 않고 자존감을 지켜내는 법을 몸으로 깨우칠 수 있었다. 부정한 방식으로 돈을 벌고 싶지 않았던 어머니, 가난할지라도 떳떳한 부모이기를 선택했던 어머니. '돈이 가장 중요한 건 아니다'는 가르침은 결국 가난이 최고의 불행은 아니라는 말과 같은 의미였던 것이다.

자유를 좇는 아웃사이더

부산의 경남고등학교를 수석 입학한 문재인의 고등학교 동기 중에는 성공한 사람이 많다. 건축가 승효상과 연출가 이윤택 등 문화계 인사를 비롯해서 고위 관직을 지내거나 법조계에 있는 사람도 꽤 된다. 그중 승효상 씨와는 남다른 인연이 있다. 학창 시절 '문과에는 문재인, 이과에는 승효상'이라는 말이 돌 정도로 둘은 학교 안팎에서 유명했다. 당시 경남고등학교는 매년 150명 이상을 서울대에 입학시킬 만큼 소문난 명문이었다. 부산뿐만 아니라 경남 일대에서 수재라고 불리는 학생들이 모두 모이는 학교였다.

경남고등학교가 있는 부산 대신동은 한때 부유한 동네였다. 같은 동네에 있는 경남중학교 출신 학생들이 학교 분위기를 이끄는 주류였다. 문재인은 경남중학교 출신이긴 했지만, 대신동의 부유함과는 거리가 멀었다. 때문에 비주류에 속한 학생이었다.

경남중학교 출신도 아닌 승효상 씨가 주류와 거리가 먼 건 당연했다. 그는 문재인과 형편이 비슷했다. 그의 부모도 실향민이었으며 문재인 못지않게 집이 가난했다. 승효상 씨는 고등학생 시절 신학에 관심이 많았다. 삶과 죽음에 대한 사춘기적 고민에 빠져있던 그는 툭하면 학교 근처 중국집에서 고량주를 마시고 줄담배를 피우며 시간을 보냈다. 그러나 학교에서는 언제 그랬냐는 듯 얌전했다. 고등학교 3년 동안 말 한마디 안하고 지내는 날이 많았다. 게다가 공부도 잘했다. 선생님들은 당연히 그가 모범생인 줄 알아서 혼을 내거나 잔소리를 하는 일이 거의 없었다.

문재인과 승효상 씨는 학창 시절에 잘 아는 사이는 아니었다. 문과 이과로 다르기도 했고, 학교 생활에 정을 붙이지 못한 승효상 씨가 친구들과 어울리는 일을 꺼려했던 탓이다. 하지만 매월 전교생 석차가 게시판에 붙을 때면 승효상 씨는 항상 우등생 대열에 있던 문재인의 이름을 보았다. 문재인 역시 승효상 씨의 이름과 얼굴을 알았다. 어쩌다 교정에서 마주치면 서로 빙긋 웃기만 할뿐 대화를 나누는 사이는 아니었다. 승효상 씨는 문재인을 주류에 속하는 학생일 거라

고 막연히 짐작했다. 문재인이 자신처럼 늘 말없는 학생이긴
했지만 그는 경남중학교 출신이었으니까.

1970년대 초, 대학교를 다닐 때였다. 승효상 씨는 오랜만
에 문재인의 소식을 들었다. 그가 경희대 법대생이 되었다는
거였다. 승효상 씨는 이해할 수 없었다. 그가 아는 문재인은
서울대 법대생이 되어야 했다. 그제야 그는 문재인 역시 자
기와 같은 처지라는 걸 알았다. 실향민을 부모로 둔 가난한
집안의 아들, 그래서 늘 말이 없었던 걸까. 승효상 씨는 뒤늦
게 문재인을 어느 정도 이해하게 됐다.

승효상 씨가 다시 문재인의 소식을 들은 건 1989년 부산
동의대 사건이 일어났을 때였다. 동의대 교내에서 벌어진 시
위를 진압하는 과정에서 경찰관이 사망한 그 사건은 사안의
특수성으로 인해 시위 학생들에 대한 변호를 주저하던 상황
이었다. 그런데 문재인이 학생들의 변호인으로 등장했다. 그
때 승효상 씨는 자신도 모르게 회심의 미소를 지었다. 친구
문재인이 여전히 비주류 아웃사이더의 삶을 살고 있음을 확
인할 수 있었으므로. 마음만 먹으면 언제든지 우리 사회의
주류로서 충분히 기성제도권에 속할 수 있는 그였음에도 불
구하고 말이다.

승효상 씨는 고등학교를 다닐 때의 문재인도 그러했음을
안다. 모범생이던 문재인, 하지만 학교의 높은 담장을 넘어

숲으로 걸어가곤 하던 문재인. 부유한 모범생들이 모인 교실을 벗어나 숲 한가운데 앉아 생각에 잠겨 있곤 하던 아웃사이더다. 문재인 역시 승효상 씨를 두고 같은 말을 하지 않을까. 경계 밖의 자유를 찾아 담장을 넘던 아웃사이더이더라고.

"세상을 변화시키는 이는 창조적이고 헌신적인 소수이다."

미국의 유명한 흑인운동 지도자였던 마틴 루터 킹 목사의 말이다. 승효상 씨는 문재인이야말로 바로 그 소수에 속하는 사람임을 이젠 너무 잘 알고 있다.

역사학자가 되고 싶었던 법대생

문재인은 대학에서 역사를 전공하고 싶었다. 학창 시절, 역사 과목을 가장 좋아했다. 성적도 우수했다. 변호사를 시작할 때 '나중에 돈 버는 일에서 해방되면 아마추어 역사학자가 되리라'는 생각도 했다. 하지만 부모님과 선생님의 반대로 역사학자의 꿈을 접어야 했다. 그의 성적이 법대나 상대에 갈 수 있을 만큼 우수했기 때문이었다. 그런데 기대와는 달리 그는 서울대 상대 입학시험에 떨어지고 말았다.

고등학교 1학년 때, 담임선생님이 결근한 날이 있었다. 옆 반 선생님이 대신 조회를 했다. 선생님은 전날 결석한 같은 반 친구에게 결석계를 내라고 했다. 아무리 가방을 뒤져도 결석계가 없었다. 실수로 빠뜨린 것 같다고 하자 선생님은 거짓말한다고 화를 내며 친구를 심하게 때렸다. 친구의 입술이 터지고 피가 흘렀다. 선생님의 매질은 계속 이어졌다. 부당한 폭력이었다. 앞줄에 앉아 있던 문재인은 항의하고 싶은 마음이 굴뚝같았으나 차마 대들지 못했다.

그날 이후 그 선생님이 가르치는 과목은 공부하기가 싫었다. 반에서 1~2등 할 정도로 성적이 좋았는데, 그 과목은 늘 꼴찌에 가까웠다. 결국 그게 대학 입시에 실패한 원인이 되었다. 문재인은 재수를 선택했다. 1971년 종로학원 진입 시험에 1등으로 붙어서 학원비를 면제받았다. 재수를 시작했지만 서울 생활은 늘 쪼들렸다. 결국 문재인은 1972년, 4년 전액 장학생을 약속한 경희대학교 법학과에 수석으로 입학했다.

시대는 점점 암울해졌다. 대학 생활은 공부와도 낭만과도 거리가 멀었다. 문재인이 입학하던 해에 10월 유신이 선포되었다. 군인을 태운 탱크가 시내를 질주하고 대학에는 무기한 휴교령이 내려졌다. 대학생들은 강의실 대신 술집이나 하숙집에 모여 울분을 토했다.

법대생에게 10월 유신은 황당한 일이었다. 유신헌법이 만들어지자 기존의 법전과 교과서는 무용지물이 되었다. '독재자 마음대로 좌지우지되는 게 법이라면, 법학을 과연 학문이라 할 수 있겠는가'라는 회의가 법대생의 자존감을 무너뜨렸다.

새 학기가 되자 학교는 다시 문을 열었지만 강의실 분위기는 침통했다. 교수는 유신헌법을 강의하면서 강의실 천장만 바라보았다. 선생으로서의 부끄러움을 달리 표현할 길이 없었던 것이다.

문재인의 사회의식을 키운 건 하숙집이었다. 밤늦게까지 시국 토론이 열렸다. 하숙집에 여러 대학 학생들이 함께 기거하다보니 다른 대학의 저항운동 소식도 들을 수 있었다.

당시 경희대는 변변한 학생운동이 없었다. 제대로 된 사회과학 서클도 없었다. 문재인이 대학교 2학년 때 전국적으로 유신 반대 투쟁이 본격화되었는데, 그때도 경희대는 시위다운 시위가 없었다. 시위에 동참하려는 움직임은 있었지만 강력하게 시위를 이끌어가는 세력이 없었다.

그런 와중에 문재인은 친구들과 함께 유신 반대 시위를 기획했다. 문재인이 직접 선언문을 작성했다. 친구 집에서 등사기를 밀어 밤새 4,000부 가량의 유인물을 준비했다. 다음날 새벽 아무도 모르게 강의실에 뿌렸다. 정해진 시간이 되자 500~600명의 학생이 교시탑(校是塔) 앞으로 모였다. 비가 내리고 유인물은 젖어갔다. 궂은 날씨에도 학생들은 금세 2,000여 명으로 불어났다. 교문을 사이에 두고 경찰의 최루탄과 학생들의 투석 공방이 시작되었다. 경찰은 시위 현장에서 앞장 선 사람을 붙잡아 갔으나 곧 풀어주었다. 문재인 역시 자진 출두했으나 구류로 끝났다.

그 일 이후 문재인은 학내에서 일약 학생운동의 중심인물이 되었다. 그는 가난한 법대생이었으나 입신양명을 꿈꾸지 않았다. 어둠 속에서 진실을 밝히는 일을 두려워하지 않았다. 진실을 추구하는 게 지식인의 도리라고 여겼다. 그에게 정의란, 진실을 좇고 불의와 맞서는 것이었다. 목에 칼이 들어와도 진실을 기만하지 않는 것이었다. 진실을 억누르는 허위와 거짓을 세상에 폭로하는 것이었다. 거짓된 세상을 바꾸고 사람 사는 세상을 이루고 싶다는 문재인의 결의는 그때부터 조금씩 쌓여왔던 것이다.

비에 젖은 구국선언문

"할 수 없이 내가 선언문을 읽었다. 비가 내려 선언문이
젖었다. 그래도 내가 쓴 글이어서 문제없이 읽을 수 있
었다."

1974년 10월 18일. 서울 회기동 경희대학교 교정에 학생들
의 노래가 울려 퍼지고 유인물이 뿌려졌다. 유신 반대 시위
가 벌어진 것이다. 그런데 어찌된 일인지 선언문을 낭독하기
로 한 학생들이 나타나지 않았다. 즉석에서 몇몇 학생이 단
상에 오르려고 했지만 학교 관계자들이 제지했다. 결국 선언
문만 써주고 나서지 않기로 했던 문재인이 연단에 올랐다.
동료들에게 둘러싸인 가운데 문재인은 자신이 쓴 '구국선언

문'을 읽어 내려갔다. 굳건한 자세로 버티고 서서 우렁찬 목소리로 선언문을 낭독하는 그를 학교 관계자들도 더 이상 막을 수가 없었다.

경희대 역사학과 73학번 이상호 씨는 전교조 해직교사 출신이다. 그는 당시의 광경을 생생하게 기억하고 있다.

"문재인은 기숙사비까지 학교에서 받는 법대 장학생이었다. 데모를 하면 장학생 혜택이 모두 박탈되니까 겉으로 드러나지 않는 기획팀에 있었다. 그런데 그날 그런 기득권을 버리고 연단에 오른 것이다."

이상호 씨는 그날의 데모를 위해 문재인이 작성한 선언문을 38년간이나 보관해오다가 2012년 처음으로 언론에 공개했다. 전교조 해직교사 소송지원단장이기도 한 그는 수배를 받는 동안에도 그 문서를 집안 깊숙한 곳에 숨겨두었다. 한번도 다른 사람에게 보여준 적이 없었다. 이상호 씨가 보관해온 문서는 그 선언문 외에도 1974년 10월 초 '학교 정상화를 위한 결의문'과 문재인 구속의 발단이 된 1975년 4월 10일 비상학생총회 '대학인 행동강령선언'이 있었다. 모두 문재인이 직접 작성한 문서였다. 그 일에 대해 문재인은 이렇게 회고한다.

"당시 선언문은 주로 내가 작성했다. 다른 이유는 없었다. 우리 가운데 그나마 내가 다른 대학의 선언문을 자주 접해서 어떤 식으로 쓴다는 정도는 알고 있었기 때문이다. 물론 처음 써보는 선언문이었다. 친구 집에서 등사기를 밀어 등사하는 방법으로 밤새 유인물 4,000부 가량을 준비했다. 그 유인물을 다음날 새벽, 아무도 모르게 모든 강의실에 뿌렸다. 정해진 시간이 되자 500~600명의 학생들이 교시탑 앞에 모였다. 처음 계획은 학생들을 모으고 나면 부학생회장단이 나서는 것이었는데 아무도 나타나지 않았다. 학생 몇이 연단 위로 올라가 선언문을 읽으려는데 학생처 직원들이 끌어내렸다. 그대로 두면 시위는 실패로 돌아갈 것 같았다. 할 수 없이 손길을 뿌리치며 내가 올라가 선언문을 읽었다. 학생처 직원들이 몰려왔으나 이번에는 전과 다르게 학생들이 나를 막아줬다."

이상호 씨는 그때를 떠올릴 때마다 문재인이 참 어려운 선택을 했다고 생각한다. 그러나 문재인은 자신의 의지와 그에 따른 선택에 대해 한 번도 후회한 적이 없다. 그는 자신을 희생할 때는 한없이 너그러웠고, 불의와 맞설 때는 한없이 냉철한 사람이었다.

'이제 민족의 자유와 권리는 유신의 미명 아래 말살되고 있다. 민주주의의 제 원칙은 유린되었고, 자유와 권리 그리고 지성의 대학정신은 상아탑에서, 거리에서, 철창 속에서 질식당하고 있다. 보라! 우리는 일어섰다. 오늘의 암흑을 밝힐 자유의 횃불을 높이 들었다.'

문재인이 작성했던 '구국선언문' 속의 목소리는 40여 년이 지난 지금의 현실과 크게 다르지 않다. 때문에 문재인은 아직도 자신의 희생에는 한없이 너그럽고 불의와의 투쟁에는 한없이 냉철한 자세를 지니고 있을 거라고, 이상호 씨는 믿는다. 그리고 그때는 문재인 혼자서 선언문을 낭독했지만, 이제는 자신도 그와 함께 하겠노라고 다짐한다.

박근혜 대

속옷 한 벌의 추억

대한민국의 대표적 인권 변호사이자 감사원장을 지낸 한승
헌 변호사와 문재인의 우정은 서울구치소에서 시작되었다.
1975년 서울구치소 옆방 동문으로 처음 만난 후, 1987년 민
주헌법쟁취국민운동본부와 6월 민주항쟁, 1987년 노무현 변
호사 구속사건 변호인단, 1988년 민주사회를 위한 변호사
모임, 2004년 노무현 대통령 탄핵사건 대리인단, 2005년 사
법제도 개혁추진위원회에 이르기까지, 두 사람은 여러 단체
와 조직에서 함께 일을 해왔다. 군부독재가 맺어준 인연으로
군부독재의 부당함에 맞서온 두 사람의 운명은 우리 현대사
의 아이러니가 아닐 수 없다.

1975년 3월, 한승헌 변호사는 김지하 시인의 「오적」 필화

사건의 변론을 그만두라는 정권의 협박과 회유를 거부하다 투옥되었다. 이른바 반공법 필화사건이었다. 반정부 민주화 투쟁에 나선 재야인사와 청년·학생·종교인·노동자들이 줄 줄이 구속되던 시절이었다.

한승헌 변호사는 1980년 김대중 내란음모 사건에 휘말려 또다시 옥살이를 했다. 그 과정에서 미행과 도청, 협박과 회 유는 기본이고 참혹한 고문도 당했다. 그때마다 그는 "시대 의 격류 속에서 제가 약간의 역할을 하고 투쟁도 했다면, 그 건 용기의 소치가 아니라 인간의 최소한의 양심에 따른 것일 뿐."이라며 스스로를 낮췄다.

1975년 어느 날 오후, 한승헌 변호사가 갇혀 있던 서울구 치소 옆방에 대학생 한 명이 새로 들어왔다. 그 학생은 경희 대 총학생회 간부로 반독재 시위를 주도하다가 잡혀온 문제 인이었다. 한승헌 변호사는 교도관에게 부탁해서 속옷 한 벌 을 그 학생에게 보냈다. 험악한 조사를 받고 구치소로 갓 넘 어온 사람에게 깨끗한 속옷은 소중한 선물이었다.

그 뒤 한승헌 변호사는 그 일을 잊고 지냈다. 그로부터 12 년의 세월이 흐른 1987년 8월, 거제도 옥포조선소에서 노동 자들이 노조를 결성했다. 6월 항쟁의 열기가 노동자 투쟁으 로 이어지던 가운데 옥포조선소의 노동자들도 권리를 찾기 위해 뭉친 것이다. 그런데 8월 22일, 노동자를 해산하기 위해 경찰이 쏜 최루탄에 맞아 스물두 살의 이석규 씨가 사망하는 사건이 일어났다. 그 일을 항의하던 노무현·이상수 두 변호사가 구속되자 한승헌 변호사와 문재인 변호사가 공동으로 변호를 맡게 되었다. 문재인은 12년 만에 다시 만난 한승헌 변호사에게 서울구치소에서 전해 받은 속옷 이야기를 꺼내며 한순간도 잊은 적이 없다고 감사의 인사를 전했다.

그제야 한승헌 변호사는 서울구치소 시절을 새삼 떠올렸다. 그때 얼굴과 체격도 모르는 채 옆방 청년에게 선물한 속옷이 과연 맞기나 했을까. 속옷은 신축성이 좋으니까 대충 맞았겠지 싶다가 문득 문재인이라는 사람에 대해 곰곰 생각해보았다.

몸에 끼면 끼는 대로, 헐렁하면 헐렁한 대로, 상대의 크기와는 상관없이 모든 것을 포용할 줄 아는 문재인. 우리 현대사를 가장 첨예한 접점에서 온몸으로 헤쳐 온 그의 발자취를 생각하면, 문재인은 한 번도 한눈팔지 않고 자신의 길을 올곧게 걸어온 사람이다. 그리하여 가장 낮은 자리에서 가장 가벼운 것들마저도 귀하게 여기며 새로운 시대를 향해 성큼성큼 나아가는 큰 사람이 되어 있다. 큰 사람 문재인이 열어갈 새 시대를, 한승원 변호사는 벅찬 마음으로 기대하고 있다.

훈련소에서 만난 동창

1975년 4월, 경희대학교 법대생이던 문재인은 유신 반대 시위를 주도하는 바람에 구속되었다. 학교에서는 제적당하고 재판에 넘겨져 징역 2년을 구형 받았다. 다행히 시국사건에 관대한 판사를 만나 징역 10월에 집행유예 2년을 선고 받고 석방되었다. 그런데 석방된 지 며칠 만에 강제 징집영장이 나왔다. 그해 8월 초, 문재인은 경남 창원에 있는 39향토사단 훈련소에 입소했다.

당시 39향토사단 사령부 부관부에는 문재인의 중고등학교 동기 장상대 씨가 병장으로 있었다. 그의 주 임무는 훈련소에 입소하고 퇴소하는 훈련병들의 기록카드를 정리하고, 병과 분류와 전출부대 배치 명령을 기안하는 것이었다. 훈련소 입소 장정들은 매주 화요일에 정기적으로 입소하는데, 예외로 개별 입소하는 병사도 있었다. 그들은 이른바 ASP(Anti Student Power), 데모하다가 끌려온 대학생들이었다. 그날도 장상대 씨에게 ASP 기록카드 한 장이 접수되었다. 속으로 '언 놈 하나 또 신세 조졌구나.'라고 생각하며 기록카드를 보는데 고등학교 동창 문재인이 아닌가.

화들짝 놀란 장상대 씨는 같은 사령부 헌병대에 근무하는 경남고 동기 강운중 씨와 PX 관리병인 고교 선배에게 연락을 했다. 그러자 다들 ASP는 자대 배치에도 불이익을 받고 늘 보안대가 감시하기 때문에 제대할 때까지 내내 고달플 거라고 걱정을 했다.

문재인의 입소 소식을 들은 헌병대 소속 강운중 씨는 문재인의 내무반장을 찾아갔다. 문재인이 훈련을 잘 받고 있는지, 혹시 어려움을 겪고 있다면 자신의 알량한 '빽'으로 도움을 줄만한 게 없는지, 살펴보기 위해서였다. 그런데, 괜한 걱정이었다. 문재인은 선임분대장을 맡아 내무반원들을 잘 이끌고 나갈 뿐 아니라, 훈련도 모범적으로 받고 있다는 거였다.

하루는 고교 선배인 PX 관리병의 주선으로 장상대 씨 등이 몰래 모여 문재인에게 통닭과 막걸리를 대접했다. 그런데 문재인은 먹는 둥 마는 둥 하다가 "특별대우를 받는 것 같아 불편하다. 내무반으로 돌아가야겠다."고 하며 자리에서 일어났다. 모처럼만에 모였는데 좋아하는 막걸리도 마다하고 성큼성큼 사라지는 문재인을 동창들은 그저 바라볼 수밖에 없었다.

훈련이 거의 끝나갈 때쯤 되면 훈련병들의 최대 관심은 어느 부대로 배치 받느냐는 거였다. 문재인은 운신의 폭이 극히 제한되어 있었다. 강제 징집된 '신원특이자'는 인사기록카드를 따로 관리하는 바람에 인사처 고참 병장이었던 장상대 씨가 도와줄 길이 없었다. 결국 문재인은 특전사, 공수부대로 명령이 났다. 명령지에는 OO부대라고만 적혀 있어서 특전사로 배치된 것도 모른 채 훈련소를 떠났다.

용산역으로 가는 군용열차 안에서 문재인은 자신이 특전사로 배치된 것을 알았다. 훈련병들이 마지막으로 함께 있는 시간이라고, 열차를 타는 동안 술을 마음껏 마실 수 있도록 허용했다. 힘든 부대에 배치된 사람에게는 술을 더 권했다. 특전사로 가는 문재인에게 동기들의 위로주가 왕창 몰렸다. 그 시간, 문재인을 떠나보낸 훈련소의 동창들은 안절부절 못했다. 저 순둥이가 훈련과 군기가 엄격하기로 악명이 높은 특전사에서 제대로 견뎌낼까 걱정이 앞섰던 것이다.

그런데 들려오는 풍문에 문재인은 특전사 2년 반을 별 문제없이 잘 보냈다는 게 아닌가. 데모하다 잡혀온 놈이라고 구박을 아주 면하진 못했다. 고참과 간부로부터 '빠따'를 맞고 부당한 처우를 받을 때도 있었다. 하지만 문재인은 단 한 차례도 후배들에게 '빠따'를 치거나 화를 낸 적이 없었다. 오죽했으면 전역할 때 후배들이 기념으로 한 대씩 때려달라고 폭동 진압봉을 쥐어줬을까.

문재인은 군대 경험이 살아가는 데 많은 도움이 되었다는 말을 자주 한다. 처음에는 두려워도 막상 해보면 다 해낼 수 있다는 자신감을 군대에서 배웠다고 한다. 변호사를 시작했을 때나 청와대에 들어갔을 때, 처음이 아닌 일이 어디 있었겠는가. 그럴 때마다 문재인은 스스로의 판단으로 어려움을 헤쳐 나가야 했다. 그 순간을 견뎌내고 흔들림 없이 나아가게 한 것은 군대에서 단련된 신체와 정신이었다. 대한민국 특전사는 그렇게 문재인을 단단한 사람으로 만들어준 것이다.

삶은 경이롭다

특전사 공수 교육의 하이라이트는 강하 훈련이다. 훈련은 대부분 김포공항에서 이루어졌다. 당시 김포공항은 우리나라의 대표적 국제공항이었다. 한쪽에 공군 수송기 부대가 주둔하고 있었다. 낙하산을 메고 수송기에 승선한 다음, 지금의 서울도시철도공사 방화 차량기지와 그 일대의 한강공원에 착지하는 게 훈련의 주된 내용이었다.

강하 훈련을 하는 날이면 문재인과 부대원들은 군가「검은 베레모」를 힘차게 부르며 김포가도를 달렸다. 김포공항에는 1974년 1월에 도입된 최신 수송기 C-123이 대기하고 있었다. 그 기종은 월남전에서는 맹활약했으나 1982년에 제주도 한라산에 추락해서 53명을, 뒤이어 청계산에 추락해서 또 53

명의 목숨을 앗아가기도 했다.

문재인과 부대원들은 수송기에 올랐다. 이륙한 수송기가 안정 궤도에 진입하자 점프 마스터인 상사의 구령이 떨어졌다. 모두 용수철처럼 일어났다.

"고리줄 걸어!"

구령과 함께 정박줄에 생명줄 고리를 걸었다. 그리곤 정신없이 "이상 무!"를 외쳤다.

"문에~ 섯!"

좌우측 문으로 엄청난 바람이 밀려들어왔다. 대원들은 눈을 뜰 수가 없었다. "뛰어!"라는 구령이 들리자 앞선 대원들이 순식간에 허공으로 사라졌다. 마치 블랙홀 속으로 빨려 들어가는 것처럼 한 점이 되어 사라졌다. 수송기에 남아서 자기 차례를 기다리는 대원들은 훈련 중이라는 사실은 까맣게 잊은 채 점이 되어 사라지는 동기들을 불안한 눈으로 지켜보았다. 과연 우리가 다시 만날 수 있을까, 그런 의구심이 까마득한 허공처럼 머릿속에 펼쳐졌다.

죽음 앞에 서 있는 기분이었다. 그러나 죽음이 코앞이라고 머뭇거릴 여유조차 없었다. 그저 뛰어내릴 뿐이었다. 저 아래 무엇이 그들을 기다리고 있을지, 과연 무사히 착지를 할 수 있을지, 한 치 앞도 내다볼 수 없는 상황이었다.

대부분의 대원들은 수송기에서 떨어지는 순간을 제대로

기억하지 못한다. 어깨를 확 잡아채는 충격과 높은 기압 차이 때문에 짧은 시간 동안 정신을 잃기 때문이다. 낙하산이 활짝 펼쳐지고 나서야 '살았다!'는 생각과 함께 제정신으로 돌아온다. 아마 살았다는 느낌보다는 다시 태어난다는 기분이 더 강할 것이다.

넓은 세상이 한눈에 보이고 낙하산이 바람에 펄럭이는 소리만 가득한 순간, 좁고 편협한 세상에서 벗어나 드넓고 무한한 세계에 처음 발을 내딛는 그 순간, 진정한 특전사로 다시 태어나는 것이다. 세상이 내 발 아래에 있어서가 아니었다. 내가 이토록 무한한 세상을 살고 있다는 것에 대한 경이로움이 그들을 바꿔놓았다.

당시 사용한 낙하산은 T-10이었다. 제2차 세계대전 때 미군이 사용하던 낡은 것이었다. 손으로는 조종하기가 쉽지 않았다. 고작해야 낙하산을 바람 불어오는 쪽으로 돌려놓는 정도였다. 하강을 하게 되면 창공에서는 못 느꼈던 하강 속도를 땅에 착지하기 직전에 실감한다. 그 순간을 특전사 대원들은 세상이 거꾸로 뒤집힌 것만 같다고들 한다. 땅이 뒤집혀서 쏟아져 내리는 것 같기 때문이다.

매일 지겹도록 훈련을 반복했음에도 불구하고 막상 땅에 발이 닿으면 몸은 관성을 이기지 못하고 구르게 된다. 문재인도 마찬가지였다. 한 번은 땅콩 밭에 떨어져 구른 적이 있었다. 정신을 차려보니 먼저 낙하한 친구가 땅콩을 캐먹자고 했다. 문재인이 의아한 눈으로 물었다. 먹어도 되는 거냐고.

공수 훈련을 무사히 마치면 조촐한 술 파티가 열렸다. 문재인은 철모 가득 막걸리를 받아들고 단숨에 들이켰다. 남의 밭에 자라는 손톱만한 땅콩은 캐먹지 못하지만, 문재인은 술을 잘 못하는 다른 동기의 막걸리까지 사양하지 않고 받아 마셨다. 그런 과정들을 거치면서 문재인은 용맹한 대한민국 특전사로 다시 태어났다.

두륜산 버들치

문재인이 고시공부를 시작한 건 아버지 때문이었다. 군에서 제대한 후, 기약 없는 복학을 기다리느니 차라리 취업이나 할 생각이었다. 그런데 갑자기 아버지가 돌아가셨다. 심장마비였다. 아버지는 그때 59세였다.

문재인은 아버지의 49재를 치르고 곧장 집을 떠났다. 돌아가시기 전까지 아버지에게 잘되는 모습은커녕 어떤 희망도 보여드리지 못한 게 너무나 한이 되었다. 문재인은 전라도 해남의 대흥사로 향했다. 그곳에서 오로지 고시공부에만 전념했다.

공부에 지치면 두륜산에 올랐다. 산은 아름다웠다. 계곡에서 발가벗고 목욕도 했다. 계곡에는 버들치가 많았다. 세숫

대야에 비닐을 씌워 구멍을 뚫고 그 속에 된장을 풀어놓으면 잠깐 사이 세숫대야 안은 버들치로 가득했다. 그걸로 몰래 매운탕을 끓여 먹기도 했다.

가끔 두륜산 정상에 올라 땅끝을 내려다보았다. 저 멀리 백두산에서 이어져온 한반도 끝자락이 바다와 맞닿아 있었다. 그 너머 끝 간 데 없이 시퍼런 다도해가 펼쳐져 있었다. 그런 광경을 볼 때마다 문재인의 가슴은 뭉클해졌다. 눈앞에 그가 살아가야 할 광활한 세상이 있었다.

한곳에 오래 있으면 모든 게 익숙하고 편해져서 정신이 안 일해지기 마련이다. 문재인은 항상 긴장을 유지하기 위해 몇 달에 한 번씩 장소를 옮겼다. 그 결과 1979년, 사법시험 1차에 합격했다. 이듬해 2차 합격을 목표로 다시 공부에 매진했다. 그런데 그해 10월 16일, 부마항쟁이 발생했다. 부산과 경남 마산지역에서 유신독재에 반대하는 시민과 학생들이 대규모 시위를 벌인 것이다. 군 탱크가 시위대를 깔아뭉갰다는 흉흉한 소문이 번졌다. 급기야 10월 26일, 박정희 대통령이 김재규 중앙정보부장의 총에 사망하고 말았다. 마침내 기다리고 기다리던 서울의 봄이 온 것이었다.

문재인은 가슴이 벅차서 공부에 집중하기 어려웠다. 1980년, 제적된 지 5년 만에 복학했으나 학교는 장기 휴강에 들어갔다. 학원민주화투쟁에 대한 조치였다. 그럼에도 시위는 점점 확산되었다. 전두환 정권이 들어서자 반독재 민주화 시위가 대대적으로 일어났다.

상황이 급박해지자 문재인은 잠시 공부를 접었다. 자신을 위한 공부보다 반독재 민주화 투쟁에 나서는 게 중요했던 것이다. 사법시험은 나중을 기약하기로 했다. 그렇지만 그동안 공부한 게 아까워서 2차 시험은 보기로 했다. 전년도에 1차 시험을 합격했으므로 2차 시험 칠 자격이 있었던 것이다. 시위하느라 몇 달 공부를 쉬었기 때문에 크게 기대를 하지는 않았다. 시위 도중에 2차 시험을 치루고 다시 시위를 하던 중, 비상계엄령이 전국으로 확대되었다. 문재인은 계엄포고령 위반으로 구속되었다.

구속된 지 한 달이 채 안 되었을 무렵, 지금의 아내 김정숙 씨가 반가운 소식을 들고 면회를 왔다. 2차 시험에 합격했다는 소식이었다. 문재인은 유치장에서 사람들과 축하 파티도 했다. 경희대학교 측이 총력을 기울여 구명운동을 한 끝에 조용히 석방되었다. 미결수 상태여서 가능했던 일이었다.

3차 면접시험을 앞둔 어느 날, 안기부 직원이 만나자고 했다. 그가 지정하는 장소로 갔다. 안기부 직원이 묻는 말은 딱 하나였다. "지금도 데모할 때의 생각과 다르지 않느냐."는 것이었다. 문재인은 자존심을 굽히기 싫었다. "그때 생각이 옳았고, 지금도 변함이 없다."고 답했다. 면접시험에 떨어지더라도 거짓을 말할 수는 없었다. 당장의 이득을 위해 자신을 속이거나 신념을 버리고 싶지 않았던 것이다.

그런 과정이 있었지만 문재인은 사법시험에 최종 합격했다. 안기부 직원과의 면담이 어떻게 작용했는지는 알 수 없었다. 3차 시험 불합격자가 한 명도 없었던 걸 생각하면 여러모로 운이 좋았다고 할밖에.

사법연수원 시절은 평탄했다. 문재인은 판사를 지망했다. 검사는 자신의 체질과는 맞지 않다고 생각했다. 피의자로 조사를 받은 경험 덕분인지 검찰 과목에서 1위를 했지만, 검사가 되고 싶은 마음은 없었다. 사람을 조사하고 처벌하는 일은 불편하고 부담스러웠다. 특히 생계형 범죄 같은 경우는 단호한 처벌을 하는 게 힘들었다.

문재인은 줄곧 판사를 희망했지만 시위 전력 때문에 판사 임용에서 탈락했다. 사법연수원을 차석으로 수료했음에도 변호사의 길을 선택할 수밖에 없었다. 그리고 운명적으로 노무현 전 대통령을 만났다. 문재인은 자신이 변호사의 길로 들어서게 된 모든 과정이 결국은 노무현 대통령을 만나기 위한 수순이었다고 생각한다. 돌이켜보면 '운명'은 언제나 문재인과 함께하고 있었던 셈이다.

어머니가 나서야 합니다

이정이 씨는 부산 동의대 사건의 가족 대표이자 6·15선언 실천 부산 상임대표이다. 평범한 주부였던 그녀가 일흔 살을 훌쩍 넘긴 지금까지 부산지역 인권의 대모로 불리게 된 사연은 이렇다.

1989년, 동의대 사건에 이정이 씨의 아들이 연루되었다. 그녀는 아들의 재판 문제로 변호사 문재인을 처음 만났다. 당시 재판은 동의대 학생들에게 매우 불리하게 진행되고 있었다. 동의대 도서관에서 농성하는 학생을 진압하던 경찰관이 원인 모를 화재로 일곱 명이나 사망했기 때문이다. 비난의 화살은 모두 시위를 하던 학생들에게 돌아갔다. 언론은 학생들을 흉악범이며 고의적인 살인자라고 몰아세웠다. 경찰이 기본

적인 진압 수칙을 지키지 않았으며 심지어 안전 수칙마저 준수하지 않았다는 것은 나중에서야 밝혀진 일이었다.

당시 노태우 정부는 여론을 거세게 밀어붙였다. 외국 언론에까지 학생들을 폭도라고 선전했다. 동의대 사건을 빌미로 민주주의에 대한 국민적 열망과 시대적 소명을 말살할 계획이었던 것이다.

"어머님이 나서지 않으면 이 사건은 사형으로 끝납니다."

문재인의 말을 듣고 돌아온 날, 이정이 씨는 몸져눕고 말았다. 돌아가는 상황을 보아하니 정말로 그럴 확률이 컸기 때문이었다. 한 달을 자리에서 일어나지 못했다. 몸보다 마음이 더 아팠다. 애간장이 전부 녹아내리는 것 같았다.

한 달이 지날 무렵, 이정이 씨는 문재인의 말을 곰곰 생각하다 깨달았다.

"내가 어미로서 생명을 내놓아야겠구나. 그래야 이 사건을 풀 수 있겠구나."

이정이 씨는 문재인의 격려와 조언에 힘입어 구속자 가족 대표를 맡았다. 사방팔방 정신없이 뛰어다녔다. 구속자만 77명, 민변 변호사를 중심으로 공동 변호인단이 출범했다. 변호인단 총괄은 문재인이 맡았다. 정부의 압박과 여론에 밀려 우왕좌왕하던 시위 학생 부모들은 문재인 변호사를 만나면서 용기를 얻었다.

문재인은 그 누구보다 열심이었다. 트럭 몇 대 분량의 방대한 소송 기록을 꼼꼼히 챙겨 읽었다. 휴일에도 쉬는 법이 없었다. 변론을 준비하느라 벌겋게 핏발이 선 그의 눈을 보면서 이정이 씨와 다른 부모들의 행보도 빨라졌다.

문재인은 화재의 원인을 밝혀내려고 모의 도서관을 만들어 화재 검증도 했다. 재판 과정에서 경찰이 고층 작전의 기본 수칙을 무시한 사실이 드러났다. 추락을 대비한 안전그물과 매트리스를 설치하지 않아서 사망한 경찰관이 네 명이나 되었다. 화재의 원인 역시 학생들이 고의로 일으킨 게 아니었다. 기름이 증발하여 생긴 기체에 불이 붙어 발생한 것으로 밝혀졌다.

문재인이 총괄한 공동 변호인단의 노력으로 구속자 가족과 학생들에게 조금씩 희망이 보이기 시작했다. 문재인은 가정 형편이 어려운 가족에게는 무료 변론을 해주었다. 변호사 선임비로 1,000만원도 요구하던 시절이었다.

그때의 일을 떠올릴 때마다 이정이 씨는 문재인에게 미안하기 짝이 없다. 당시 동의대 사건은 온 사회의 관심사였다. 변론을 위해 복잡하고 방대한 분량의 사건 서류를 검토해야 했다. 때문에 문재인은 다른 사건을 수임할 여지가 없었다. 직원 월급과 사무실 운영비는 어떻게 마련했을까. 지금도 그 생각만 하면 한없이 고마울 뿐이다.

모든 언론과 권력이 학생들을 살인자로 몰아붙일 때, 오직 문재인만이 사건의 진실을 밝히려고 애썼다. 이정이 씨는 그런 문재인과의 만남을 계기로 사회 문제에 관심을 갖게 되었다. 민주화운동에 앞장서고 인권 문제를 해결하는 일에 열정을 쏟게 되었다. 그렇게 30년 가까이 재야운동을 해온 이정이 씨를 부산사람들은 이제 '어머니'라고 부른다.

어느새 칠십대로 접어든 이정이 씨는 지금도 당시 상황을 떠올리면 안타까운 마음이 앞선다. 동의대 사건으로 구속된 학생들이나 진압 작전에 투입되어 목숨을 잃은 경찰관이나 모두 암울한 시대의 피해자들이었다. 그런 상황을 만든 직접적 가해자는 노태우 정부였다. 하지만 세상을 정의롭게 변화시키지 못한 우리에게도 짚어볼 점은 있다. 그래서 이정이 씨는 오래 전 문재인이 했던 말을 이렇게 바꾸어 말하고 싶다.

"시민들이 나서지 않으면 이 나라는 망합니다."

그때 그 시절 그 사람들

소설가 정광모 씨에게도 문재인과의 추억이 있다. 정광모 씨는 노동문제연구소에서 간사로 일했다. 노동문제연구소는 1988년 인권 변호사 노무현, 문재인, 조성래, 조우래 씨가 설립한 단체로 지금의 부산 서면 밀리오레 건너편에 사무실이 있었다. 그곳은 자동차 부품업체와 공구상가 밀집 지역이었다.

1987년 노태우가 6·29선언으로 대통령 직선제를 발표한 후 우리 사회 곳곳에서 민주화 시위와 노동쟁의가 터져 나왔다. 여기저기 노동조합이 설립되고 권력과 폭력에 억눌려 있던 노동 문제가 세상 밖으로 쏟아졌다.

노동문제연구소는 노동법률 상담과 업무 지원을 도왔다. 부산에는 노동 문제를 상담하고 지원하는 곳이 거의 없던 시절이었다. 많은 일을 하려고 의욕적으로 노동문제연구소를 열었는데, 1988년 노무현 변호사가 부산 동구에서 13대 국회의원으로 당선되어 여의도로 가 버렸다. 부산에 남은 문재인이 매주 날짜를 정해 노동문제연구소에 나와서 노동법률 상담을 했다.

부산 사상에 있는 국제상사를 비롯한 신발공장 노동자들이 노동문제연구소를 많이 찾았다. 연구소 직원들도 법률 상담을 했는데, 노동자들은 변호사의 상담을 더 든든하게 여겼다. 그들에게 변호사는 높은 문턱을 여러 개 거쳐야 만날 수 있는 어려운 사람이었다. 변호사에게 시간은 돈이라고 하지 않던가. 그런데 변호사 사무소가 아닌 곳에서 변호사를 만나 무료 상담을 받을 수 있다니!

정광모 씨는 문재인이 상담을 하는 날 전화로 예약을 했거나 당일 직접 찾아온 사람들의 안내를 도왔다. 사람들은 일을 마치고 급하게 달려오기 일쑤였다. 공장의 화학약품과 기름 냄새가 함께 묻어왔다. 그들은 회사 사장을 만나러 갈 때처럼 작업복을 여미고, 옷의 먼지를 털고, 화장실에서 손을 씻고, 머리를 다듬었다.

문재인은 친절하게 상담 내용을 들었다. 산업 재해와 임금 체불에 대한 고충이 가장 많았다. 그 자리에서 해결되는 사건도 있었지만 며칠 노동부를 쫓아다니거나 재판을 걸어서 마무리해야 하는 일도 있었다.

노동자들은 조리 있게 얘기를 풀어내지 못했다. 주눅이 들어 말을 더듬었고, 입 밖으로 꺼내야 할 사정을 입속에서만 중얼거렸다. 노동자들은 스스로 변호사와는 신분이 다르다고 생각했다. 노동 문제를 상담하러 왔지만, 정작 변호사 앞에서는 기가 죽어 변호사와 눈을 맞추거나 자신의 생각을 충분히 전달하지 못했다. 문재인은 시간을 두고 그들의 이야기를 충분히 들었다. 그리고는 요점을 짚어서 다시 질문했다.

"당신이 처한 문제는 이러저러한 것인데 맞습니까?"

그리곤 하나씩 해결책을 찾아나갔다. 사람들은 문재인의 소탈하고 편안한 모습에 마음을 놓고 점차 말문을 열었다. 문재인과 이야기를 하면서 노동자들은 가슴을 억누르고 있던 돌멩이를 하나씩 들어냈다. 사람다운 대접을 받아본 적 없었던 여성 노동자들은 설움에 북받쳐서 울음을 터뜨리고는 한참을 흐느끼기도 했다. 탈출구도 보이지 않고 누구도 답을 알려주지 않는 삶이 얼마나 답답했을까. 문재인은 어깨를 들썩이는 그들 곁을 묵묵히 지켜주었다.

사무실은 습하고 더웠다. 사무실 아래층에 있던 창원사우나의 열기가 사무실로 고스란히 올라왔다. 연구소를 연 기념으로 선물 받은 화초들이 후텁지근한 열기에 말라 죽어갔다. 문재인은 이마에 송골송골 맺히는 땀을 훔치며 성실하고 착하지만 가난하고 힘없는 사람들의 말에 오래도록 귀를 기울였다. 그의 해결책은 언제나 명쾌하고 신속했다.

"산재처리 됩니다. 바로 조치합시다."

손가락 두 개가 잘려서 사무실을 찾은 남자가 안도의 한숨을 내쉬었다. 그의 굳어 있던 얼굴에 환한 미소가 번졌다. 문재인을 만나 웃음을 되찾은 사람은 한둘이 아니었다. 그때 문재인을 만났던 그 젊은 노동자들은 지금은 어딘가에서 중년의 부모가 되어 열심히 살아가고 있을 것이다.

진정한 신사의 품격

김외숙 변호사는 문재인이 부산에서 변호사로 활동하던 시절 함께 일한 동료이다. 그녀가 아무런 연고도 없는 부산에서 변호사 생활을 시작하게 된 건 순전히 문재인 때문이었다.

1980년대 초반, 변호사 문재인은 부산·경남 지역의 노동 인권 사건을 도맡다시피 했다. 혼자 잘 먹고 잘 살기 위해 고시공부를 한 건 아니라고, 나름대로 정의감에 충만해 있던 예비 법조인들에게 문재인이라는 이름은 이미 유명했다. 김외숙 변호사 역시 그런 사람들 중 하나였다.

노동 변호사가 되고 싶다며 무작정 찾아온 김외숙을 문재인은 흔쾌히 받아주었다. 체력이 약해 비실거리지나 않을지, 출산이나 육아로 업무에 지장을 주진 않을지, 여자라서 함께 일을 하는데 불편하지 않을지, 그런 걸 따지는 기색은 전혀 없었다. 사회 경험이라곤 전무했던 김외숙 변호사는 문재인의 그런 태도가 당연한 것인 줄로만 알았다.

변호사 생활을 시작한 지 얼마 지나지 않아서 그녀는 깨달았다. 문재인과 같은 변호사가 된다는 게 얼마나 어려운 일이지를. 시간이 지나면서 김외숙 변호사는 사람을 가려 판단하고 선입견으로 말을 자르고 옳고 그름과 손익을 따지기 시작했다. 그것이 변호사의 제한된 시간을 효율적으로 사용하는 지혜라고 여겼다. 그런데 문재인은 쓸데없는 이야기를 반복하고 억지만 부리는 사람들의 목소리에도 귀찮은 기색 없이 정성을 다해 귀를 기울였다. 도중에 말을 끊거나 딴청을 피우는 법이 없었다.

문재인은 쓸데없는 이야기를 반복하는 사람의 마음을, 그렇게밖에 할 수 없는 의뢰인의 마음을 미리 알고 달래주었다. 그래서인지 가족들에게서 버림받거나 의지할 데 없는 사람, 절망에 빠져 죽음까지 생각하는 사람들이 주로 문재인을 찾아왔다. 변호사라는 직업은 돈을 받고 남의 일을 대신해주는 사람이라고 여겼다. 그런데 누군가의 신뢰와 의지의 대상이 될 수도 있음을 그녀는 문재인을 보면서 깨달았다.

한 번은 여성 의뢰인이 문재인을 찾아온 적이 있었다. 그녀는 모두가 혀를 내두를 만큼 골치 아픈 의뢰인이었다. 청구 취지에 담길 수 없는 내용을 주문하는 건 예사였다. 간신히 하나를 설득시키고 나면 엉뚱한 요구사항을 들고 오는 식이었다. 법원 근처의 법률사무소 사이에선 악명이 자자했다. 그녀는 시도 때도 없이 찾아왔다. 불쑥 들이닥쳐선 오랜 시간 담당 변호사를 붙들고 놓아주지 않았다. 그러고도 할 말이 남았는지 툭하면 전화를 걸어 문재인 변호사를 바꿔달라고 요구했다. 직원들은 그녀의 성화에 전화기를 움켜쥔 채 문재인의 눈치를 살피지 않을 수 없었다. 하지만 문재인은 '법정 갔다고 그래!'라는 흔한 핑계도 대지 않았다. 그녀의 전화를 꼬박꼬박 받았다. 통화를 하면서 더러 담배를 찾기는 했다. 하지만 수화기 너머에서 들려오는 호소를 외면한 적은 없었다. 기억하는 한, 그는 단 한 번도 인간에 대한 예의를 잃은 적이 없었다.

문재인의 한결 같은 태도는 의뢰인의 마음을 움직이는 데 성공했다. 그 과정을 지켜 본 김외숙 변호사와 사무실 직원들은 문재인을 통해 자신의 모습을 되돌아보게 되었다.

신사의 품격은 잘 생기고 번듯한 외모에서 나오는 게 아니다. 깔끔하고 세련된 옷차림에서 비롯하는 것도 아니다. 진정한 신사의 품격은 인간에 대한 예의에서 배어나오는 것이다. 인간에 대한 예의를 갖추지 못한 사람에게도 최선을 다해 인간적인 예의를 갖추고 대하는 사람이 신사다. 지위의 고하나 직업의 유무에 따른 편견을 품지 않고, 성별이나 인종에 따른 차별이 없는 마음으로, 자신을 낮추어 눈을 맞추어주는 사람이 진정한 신사가 아닐까.

김외숙 변호사는 예비 법조인들의 롤 모델이었던 문재인 변호사를 진정한 신사였다고 추억한다. 그는 한결 같은 예의 바름으로 모든 사람들을 평등하게 대했다. 그 예의는 타인을 이해하고 그 사람을 존중하는 마음에서 나오는 것임을, 김외숙 변호사는 문재인을 떠올릴 때마다 되새긴다.

우리 변호사는 영감님?

1983년, 군대에서 막 제대한 최성민 씨는 조그만 사진 현상소를 차렸다. 최성민 씨는 사진을 찍고 필름을 현상하는 일이 좋았지만, 그의 형은 돈이 되지 않는 일을 하는 동생이 걱정이었다. 형의 협박(?)에 못 이겨 최성민 씨는 사진 현상소를 접고 '직장다운 직장'에 취직을 했다. 개업한지 1년쯤 된 「변호사 노무현·문재인 합동법률사무소」였다.

"30년 전의 변호사 업계는 대한민국에서 가장 보수적이고 권위적이며 엘리트 의식이 강한 곳이었어요. 변호사 업계뿐만 아니라 법조계의 권세가 그야말로 대단했죠. 나이 든 경찰 간부가 새파란 판사와 검사에게 '영감님 영감님' 하면서 허리를 굽실거렸으니까요. 법조계 위계질서도 엄격했어요.

오죽하면 판사들이 산책할 때 부장판사가 앞에 서고 배석판사들이 뒤를 따르는 기러기 모양으로 걷겠어요?"

요즘은 사법연수원을 졸업하고 바로 개업하는 변호사가 꽤 되지만, 그 무렵에는 대부분 판사나 검사를 지낸 뒤에 변호사 사무소를 열었다. 부산에서 개업하는 변호사가 1년에 두세 명이 될까 말까 할 정도였다. 당연히 변호사의 위세는 높을 수밖에 없었다. 사회적으로도 변호사는 판사나 검사와 다르지 않게 인식되었다.

"나이 지긋한 변호사들은 평소 자신의 사무원들과 같이 식사하지 않는 걸 당연하게 여겼어요. 사무원에 대한 상여금이나 퇴직금 제도도 없었어요. 변호사가 맘 내키는 대로 주면 받고, 안 주면 못 받는 게 다반사였죠."

당시 변호사와 사무원의 관계는 파트너가 아니라 주종관계였다.

"허옇게 머리가 세고 허리 굽은 사무원들도 변호사를 '영감님'이라고 불렀어요. 변호사가 새파랗게 젊어도 그 호칭은 같았죠."

'영감(令監)님'은 지체 높은 사람을 부르는 말이다. 조선시대 때 정2품 이상에는 대감을, 정3품에는 영감이라는 호칭을 붙였다. '영감님'은 조선시대로 따지면 양반 중의 양반이고 실세 중의 실세인 셈이다. 시대착오적 호칭이지만 모두 그 호칭을 당연하게 여겼다. 그만큼 변호사는 경외의 대상이었다.

최성민 씨도 변호사 문재인을 '영감님'으로 부르며 어려워했다. 그러던 어느 날, 문재인의 제의로 사무실 전 직원이 노래방(그 당시는 가라오케였다)에 가게 되었다. 부인 김정숙 씨도 함께였다.

"당시의 관행으로는 파격적인 일이었어요. 변호사와 노래방에 가다니요. 고참 사무장조차 무척 놀라는 눈치였죠. 요즘 사람들은 설마, 그 정도였어? 라고 할지도 모르지만 그 시절에는 변호사와 직원 사이의 벽은 무척 높았어요."

노래방 사건 후 문재인은 직원 모두를 집에 초대하기도 했다. 김정숙 씨가 손수 음식을 차려주었는데 최성민 씨는 그 일에 대해 "호강을 누렸다."고 표현했다.

그 자리에서 문재인은 자신을 부르는 호칭을 바꿔줄 것을 요청했다. 아직 젊은 자신에게 '영감님'이라는 호칭은 격에 맞지 않으며, 무엇보다 너무 권위적이어서 불편하다는 것이었다. 그러면서 한 마디 덧붙였다.

"우리는 동료입니다, 동료."

사건 의뢰인에게도 꼭 변호사로 부르도록 이야기해달라고 부탁했다.

"문재인 변호사에 얽힌 미담이나 추억은 이것만이 아니에요. 당시 변호사는 직원들도 감히 쳐다볼 수 없을 정도로 권위가 있었어요. 그런 시절에 자신을 파격적으로 낮춰서 직원과 동료의식을 나누려고 했던 그분의 겸손한 성품을 저는 잊지 못해요. 수십 년이 지난 지금도 그때의 기억을 떠올리면 저절로 미소를 짓게 되지요."

4부

아름다운 인연, 아름다운 사람

13년 만의 만남

2003년 2월 18일 일어난 대구 지하철 참사는 국내 지하철 사상 최악의 사고였다. 오전 9시 53분경, 정신질환을 앓던 승객이 대구 지하철 1호선 중앙로역에서 객차 안에 인화물질을 뿌리고 불을 질렀다. 기관사와 기관차 사령이 적절하게 대응하지 못하는 바람에 사망자가 크게 늘어났다. 모두 192명이 숨지고 148명이 다쳤으며 행방불명된 사람도 적지 않았다. 사고 다음날, 정부는 대구를 특별재난지역으로 선포했다. 그런데 대구시와 지하철 종사자들이 사고를 축소·은폐하고 현장을 훼손하는 등, 사후 처리를 제대로 하지 않았다는 게 밝혀져 큰 논란이 일었다.

2014년 4월 16일, 세월호 참사가 일어났을 때 정부의 부실한 대응은 대구 지하철 참사 때와 크게 달라지지 않았다. 대구 지하철 참사가 일어난 지 십 수 년이 지났지만 정부는 사고 유족들의 상처를 감싸고 치유하는데 소극적이었다.

그런데 문재인이 대구 지하철 참사 당시 사고 수습을 위해 3개월 동안 유가족들을 도왔다는 사실은 잘 알려지지 않았다. 가까운 지인들도 몰랐다. 그즈음은 노무현 정부가 출범하던 무렵이라 민정수석을 맡은 문재인은 정신이 없을 때였다. 그 바쁜 민정수석이 3개월씩이나 대구를 찾았다는 걸 아무도 눈치 채지 못했다. 문재인이 조용히 대구 지하철 참사 유가족을 도운 사실은 박성찬 씨가 페이스 북에 사연을 올리면서 뒤늦게 알려졌다.

박성찬 씨는 대구 지하철 참사 유가족 중 한 사람이다. 그는 한날한시에 부모님을 잃었다. 부모님을 잃은 상실감으로 힘들 게 살아가던 때 문재인을 만났다. 3개월 동안 유가족들을 위해 애쓰던 문재인의 모습은 무척 인상적이었다. 10년이 훌쩍 지난 지금까지도 그의 기억 속에 또렷이 남아 있을 정도였다.

지하철 참사가 일어났을 때, 유족들은 사랑하는 가족을 잃은 황망한 상태여서 문재인을 반길 상황이 아니었다. 더구나 대구는 시장부터 국회의원까지 모두 한나라당 소속이었다. 희생자 대책위원회에서도 문재인은 별로 달갑지 않은 사람이었다. 그럼에도 문재인은 유가족들을 만나기 위해 수시로 찾아와 이야기를 듣고 도움을 주려고 애를 썼다.

그때 문재인에게 고맙다는 인사를 제대로 하지 못한 게 박성찬 씨는 두고두고 마음에 걸렸다. 2016년 새해가 밝자 박성찬 씨는 무작정 문재인이 살고 있다는 경남 양산으로 출발했다. 막상 떠나긴 했지만 정말 문재인을 만날 수 있을지 알 수 없었다. 박성찬 씨가 양산 자택의 문을 두드렸을 때, 마침 집에 있던 문재인이 그를 반갑게 맞아주었다. 무려 13년의 세월이 흐른 뒤에야 박성찬 씨는 문재인을 만난 것이었다.

박성찬 씨는 문재인이 내어주는 말린 감과 차를 앞에 놓고 이야기를 나누었다. 세월호 참사, 한일 일본군 위안부 합의, 대구 지하철 참사, 경찰 폭력에 쓰러져 의식을 회복하지 못하고 있는 백남기 농민에 관한 대화가 이어졌다. 세월호 참사를 보면서 13년 전 대구 지하철 참사 때와 달라진 게 없는 정부의 사고 수습 방식에 억장이 무너졌다는 얘기도 했다. 박성찬 씨는 문재인에게 하고 싶은 말이 많았다. 다른 사람은 몰라도 13년 전, 모두가 홀대하던 대구에서 동분서주하던 문재인은 자신의 말을 귀담아 들어줄 것 같았다.

박성찬 씨는 나라에 큰일이 일어났을 때 책임감 있는 모습을 보여주지 못하는 공직자들을 질타했다. 그러면서 대규모 참사가 일어나지 않도록 정부 차원에서 각별한 관심을 가져야 한다고 강조했다. 불가항력으로 발생한 사고에 대해서는 신속하고 체계적으로 사태를 수습할 수 있도록 해달라고 당부했다.

그날 문재인을 만나고 돌아오는 내내 박성찬 씨는 마음이 아팠다. 예전보다 많이 야윈 문재인의 모습이 안쓰럽게 보였다. 또다시 마음의 빚만 잔뜩 진 것 같은 기분이었다.

남이 모르게 좋은 일 많이 하는 문재인. 정작 자신을 돌보는 일에는 서툰 문재인. 그는 사람과의 인연을 허투루 여기지 않는다. 노동자를 도우며 인권 변호사로 일하던 시절, 승패에 상관없이 사람들은 그에게 고마워했다. 그때마다 문재인은 변호사라는 일에 큰 보람을 느꼈다.

문재인이 힘들 때면 불쑥불쑥 누군가 나타났다. 오래 전 그에게 도움을 받은 사람들이 이제 그를 격려하고 힘을 보태주었다. 세상에는 까닭 없이 스쳐 지나가는 인연은 없다. 좋은 인연은 반드시 더 좋은 인연으로 돌아오는 법이다.

꿈꾸는 농사꾼

노동운동을 하다 해고된 최수연 씨는 문재인의 오랜 친구이다. 노동자를 대변해줄 단체나 노동 관련 상담소가 흔치 않던 1983년, 문재인이 해고 노동자 최수연 씨의 변호를 맡으면서 두 사람의 인연은 시작되었다.

변호사 시절 문재인의 별명은 '땡맨'이었다. 한 번도 약속을 어긴 적이 없어서 생긴 별명이었다. 회의 시간이나 개인 약속에도 그는 늘 조금 일찍 도착해 약속한 시간이 될 때까지 바깥이나 주변 공원에서 기다리곤 했다. 30년 넘게 문재인을 지켜본 최수연 씨는 문재인을 이렇게 평한다.

"세상에는 자신이 주인공이 되어야 직성이 풀리는 사람들이 있는가 하면, 수많은 역할과 실천을 하고도 겸손한 사람이 있다. 땡맨 문재인은 후자에 속하는 사람이다."

청와대를 떠난 문재인이 경남 양산에서 살던 시절, 최수연 씨는 종종 그를 방문했다. 그녀가 양산 시골집에서 마주한 문재인은 영락없는 농사꾼이었다. 봄부터 가을까지 밭일로 정신이 없었다. 나무를 손질하는 데도 정해진 때가 있다면서 자투리 시간까지 알뜰하게 사용했다. 책 보는 시간만 빼고 잠시도 시간을 낭비하지 않았다. 그의 서재에는 밭농사 관련 서적이 가득했다. 고추, 상추, 방울토마토, 부추, 쑥갓, 고구마와 깻잎…… 그가 가꾸는 김장 채소는 해마다 풍작이었다. 문재인은 자연과 더불어 살아가는 농부가 되어 있었다.

그는 동물에게도 지극 정성이었다. 고양이 찡찡이는 문재인이 집을 비우면 낮은 담장 위에서 목을 빼고 기다렸다. 벌레나 쥐를 잡은 날에는 꼭 그에게 보여줬다. 그런 찡찡이를 문재인은 아이 대하듯 칭찬했다.

"아이고~ 쥐를 잡았어, 우리 찡찡이."

찡찡이에 비하면 고양이 뭉치는 겁이 많고 양보도 잘 하는 녀석이었다. 뭉치는 항상 소리 없이 살그머니 걸어 다녔다. 주위를 맴돌기만 하는 뭉치가 안쓰러워 문재인은 녀석을 자주 쓰다듬어주었다.

문재인네 마당은 늘 소란했다. 닭은 툭하면 꼬끼오~ 울어대고 강아지들은 집안을 이리저리 뛰어다니며 짖어댔다. 마당 안쪽에선 닭들이 알을 낳았다. 손자가 놀러오면 문재인은 직접 키운 고구마와 감자를 간식으로 내놓았다.

시골 생활이 그의 뜻대로만 이루어진 건 아니었다. 당시 문재인은 생활고를 겪고 있었다. 재산이라곤 양산 시골집 한 채가 전부였다. 청와대에 들어가기 전 변호사를 하며 모아두었던 돈도 바닥 난 상태였다. 변호사를 다시 하지 않으면 생활비 조달이 어려운 상황이었다. 양산에 터를 잡은 이유도 언젠가는 변호사 일을 시작하기 위해서였다. 그런데 그는 더 깊숙한 골짜기로 갔어야 했다며 아쉬워했다.

"밥벌이만 아니었어도 더 깊은 골짜기로 갔을 텐데, 도시와 이 정도 떨어져 있으면 변호사 일하기에 괜찮을 거라고 생각했는데……."라고 복잡한 심정을 내비치기도 했다.

문재인은 어릴 때 바닷가에서 살았다. 항상 배가 고프던 시절이었다. 누가 챙겨주질 않으니 점심은 알아서 해결해야 했다. 동네 아이들과 우르르 몰려다니며 봄철에는 진달래꽃이나 아카시아꽃잎을 따먹었다. 산에서 칡을 캐먹기도 했다. 수영을 배우기 전에 잠수와 물질을 먼저 배웠다. 물고기를 잡기도 하고 그마저 여의치 못하면 고동을 잡아먹는 날도 많았다.

그에게 산과 바다는 굶주린 배를 채워주는 어머니와 다를 바 없었다. 그는 정치를 시작하게 된 이유에 대해 이렇게 말한 적이 있다. "이기기 위해서가 아니라, 세상을 바꾸고 싶었을 뿐이다."라고.

자연의 품에서 자란 문재인은 자연이 그러한 것처럼 순리가 통하는 세상을 꿈꾼다. 봄에 심은 씨앗이 가을에 열매를 맺듯, 열심히 살아가는 사람들이 자신의 몫을 제대로 누리는 세상 말이다. 그런 세상을 이루기 위해 문재인은 오늘도 대한민국이라는 밭을 열심히 갈아엎는다. 그 밭에 희망이라는 씨앗을 뿌리고 정성스레 가꾸고 있다. 그가 일군 밭에서 머지않아 풍성한 수확을 올릴 거라고 굳게 믿는다.

특전사 장교와 금서(禁書)

합참 특수작전과장을 지낸 노창남 씨는 문재인의 군대 상관이었다. 눈이 크고 동그랗고 때가 꼬질꼬질하게 묻은 야전 점퍼를 입은 이등병, 그게 노창남 씨가 기억하는 문재인의 첫 인상이었다. 소처럼 눈이 커서 겁이 많아 보이는 병사였다.

1975년, 노창남 씨가 대대 작전과 교육장교로 막 부임했을 때였다. 타자기조차 없어서 먹지로 행정 업무를 하는 시절이라 사병 없이는 업무 수행이 힘들었다. 노창남 씨도 대대 인사과장에게 여러 차례 보충병을 건의했지만 깜깜무소식이었다.

노창남 씨는 오랜 기다림 끝에 대학생을 배정받았다. 운동권 출신의 문재인이었다. 그때는 대학생 출신 병사가 오면 참모부와 대대에서 서로 데려가려고 경쟁하던 시절이었다. 그렇지만 운동권 출신은 꺼려했고 일부러 왕따를 시키는 일도 잦았다. 데모하다 들어온 놈, 형무소 갔다 온 놈이라고 손가락질하는 경우도 많았다.

문재인의 정체를 알게 된 노창남 씨는 인사과장에게 따졌다. 돌아온 답은 "네가 잘 타일러서 데리고 있으라."는 말뿐이었다. 노창남 씨는 문재인이 내키지 않아서 한동안 서먹하게 지냈다. 그런데 막상 함께 일해 보니 조금씩 정이 갔다. 예의 바르고 똑똑한데다가 밤을 새더라도 맡은 일은 꼬박꼬박 수행하는 그를 함부로 대할 수가 없었다.

그러던 어느 날 자정 무렵이었다. PX에서 사온 라면을 반합에 끓여 나누어 먹다가 노창남 씨가 문재인에게 불쑥 물었다.

"너는 부모 잘 만나 대학까지, 그것도 법대를 다녔는데 열심히 공부해서 고시 합격하고 판검사로 잘 살면 되는데 데모는 왜 했냐?"

문재인은 라면 가닥을 입에 문 채 큰 눈을 껌벅이다가 이렇게 말했다. 유신헌법은 현 독재체제를 연장시키기 위한 수단이다, 북한의 위협을 빌미로 그것을 정권유지에 사용하고 있다, 그러니 민주화를 위해 유신헌법은 반드시 철폐되어야 한다…….

문재인은 진지하게 자신의 생각을 말했다. 그날의 대화는 그쯤에서 끝났다. 그런데 며칠 후, 문재인이 신문지에 꽁꽁 싼 물건을 노창남 씨에게 건넸다. 그날 밤 독신자 장교 숙소에서 신문지에 싼 물건을 펼치던 노창남 씨는 깜짝 놀랐다. 문재인이 건네준 것은 리영희 교수의 저서 『전환시대의 논리』였다.

『전환시대의 논리』는 당시 운동권 학생들에게 성경과도 같은 책이었다. 노창남 씨처럼 직업 군인은 갖고 있기만 해도 당장 군법회의 감이었다. 노창남 씨는 이러지도 저러지도 못하다가 결국 그 책을 갈가리 찢어서 버렸다. 그리고 그 사실을 아무에게도 말하지 않았다. 밝고 명랑하지만 상급자를 세뇌(?)시키려고 금서를 몰래 반입한 간이 부은 병사, 노창남 씨는 문재인을 그렇게 기억했다.

그로부터 30여 년의 세월이 흘렀다. 2005년 8월, 노창남 씨가 전역을 앞둔 무렵 그의 부인이 서울대 병원에 들렀다가 우연히 문재인을 보았다. 남편에게 들어서 알고 있던 노창남 씨의 부인은 반가운 마음에 문재인에게 인사를 했다. 옛 군대 상관의 부인이라는 말에 문재인은 무척 반가워하며 전화번호를 건넸다. 꼭 연락하라는 말과 함께.

문재인의 전화번호를 전해 받은 노창남 씨는 심경이 복잡했다. 현역 군 장교의 신분으로 청와대 민정수석에게 연락한다는 게 내키지 않았다. 이틀 뒤였다. 문재인이 노창남 씨에게 직접 전화를 걸어서 만나자고 했다. 둘은 광화문 세종문

화회관 뒤 작은 일식집에서 마주 앉았다.

노창남 씨는 군에서 잠시 스친 자신을 어떻게 기억하느냐고 물었다. 문재인은 "젊은 나이에 구속되어 재판을 받고, 강제 징집 당하고, 부대에서의 냉대로 정신적 육체적으로 무척 힘든 시기였는데, 노창남 씨가 자신을 이해하고 잘 붙들어준 덕에 무사히 군 생활을 할 수 있어서 고마웠다."고 말했다. 그러면서 이렇게 물었다.

"그때 제가 드린 책은 어떻게 하셨습니까?"

노창남 씨는 솔직하게 대답했다. 내용이 난해한 데다 금서여서 들킬까봐 찢어버렸다고. 그러자 문재인이 환하게 웃으며 "정말 잘하셨습니다."라고 했다. 당시에는 생각이 짧아서 책을 드렸는데, 나중에 그 일 때문에 혹시 화를 입지는 않았을까 걱정했다는 거였다.

문재인과의 만남을 마치고 집으로 돌아온 노창남 씨는 가슴이 뭉클했다. 어쩌면 자신이 군 생활을 편하게 하려고 먼저 친절을 베푼 건데, 그런 사소한 일까지 기억하고 있다니. 게다가 자신이 건넨 책 때문에 내가 피해를 입을까 걱정까지 했다니. 오랜 시간이 흘렀지만 노창남 씨는 그 시절 문재인의 따뜻한 마음을 고스란히 느낄 수 있었다. 그날 노창남 씨는 '사람이 먼저다'라는 그의 말이 진심이라는 걸 깨달을 수 있었다.

어떤 송별회

이창수 씨는 문재인의 오랜 친구이다. 그는 문재인을 처음 만나던 날을 아직도 기억한다. 30년도 훨씬 지난 어느 봄날, 토요일 오후였다. 부산 당리동 대동아파트에 살던 이창수 씨는 모처럼 일찍 퇴근하는 길이었다. 아파트 입구에 도착하니 웬 잘 생긴 남자 하나가 계단에 걸터앉아 책을 읽고 있었다. 인사를 나눈 적은 없었지만, 이창수 씨는 그가 누구인지 한눈에 알아보았다. 책을 읽고 있는 남자는 아래층에 사는 남자였다. 아내들끼리는 친해서 종종 서로의 집을 오가는 사이였다. 애들도 자주 놀러오곤 해서 그 남자에 대해 이창수 씨는 들은 바가 많았다.

'아랫집에 사는 변호사 양반이구나, 마누라가 문 잠가 놓고 어디 나간 모양이네. 주말 오후에 집에도 못 들어가고 안 됐소. 열쇠 하나 복사해서 갖고 댕기지, 변호사도 별 수 없네. 그라마 앉아서 책 보소, 나는 들어갑니데이.'

그날 이창수 씨는 가볍게 목례를 하고 자기 집으로 올라갔다. 며칠 후 이창수 씨는 우연히 아래층 남자의 집에서 차를 마시게 되었다. 그 일을 계기로 아래층 남자와 조금씩 가까워지기 시작했다. 아래층 남자는 자신의 죽마고우를 이창수 씨에게 소개하기도 했다. 그 아래층 남자가 바로 문재인이었다.

이웃과 마주치더라도 데면데면하게 의례적 인사만 나누는 게 아파트 생활이다. 더구나 남자들끼리는 이웃과 터놓고 지내는 경우는 드물다. 하지만 이웃이기 때문에 마음을 나누는 친구가 될 수 있는 것, 그것이 사람과 사람의 인연이라고 이창수 씨는 생각한다.

이창수 씨 부부와 문재인 부부는 함께 어울리는 걸 즐겼다. 등산을 좋아해서 지리산 종주도 같이 했다. 특전사 출신 문재인의 권유에 따라 스킨스쿠버를 하러 가기도 했다.

이창수 씨는 늦게 사귄 동네 친구 문재인이 참 좋았다. 말이 많은 편도 아니고, 재미난 농담도 할 줄 모르고, 더구나 좀처럼 실수하는 법도 없어서 어딘가 모르게 어렵게 느껴지는 사람인데도 그저 문재인이 좋았다.

문재인은 순박하고 속이 깊었다. 변호사라면 나름 출세한 직업인데 잘난 척하는 법이 없었다. 입에 발린 얘기를 하며 남의 관심을 끌지도 않았다. 함께 길을 가다 서점이 보이면 슬그머니 끌고 들어가 책을 사주거나, 시골 장에서 마늘 두 접을 사서 슬쩍 한 접을 건네주는 게 문재인이 우정을 나누는 방식이었다.

노무현 대통령이 당선한 직후 민정수석으로 발탁된 문재인이 서울로 올라가게 되었을 때, 이창수 씨는 특별한 친구 문재인을 위해 송별회를 열었다. 온천장 어느 식당에서 저녁을 함께 하는 자리였다. 친구들은 이왕 가는 거 잘 하라고 오라며 격려를 했다. 한 친구가 기어이 속마음을 꺼내 보였다.

"그대를 보낸다마는 솔직히 자네가 가지 않았으면 좋겠다."

문재인의 성품을 잘 아는 친구들은 그가 정치판에서 마음 상하고, 상처 받고, 아파할 것이 두려웠던 탓이다. 친구들의 걱정과 격려의 말을 듣고 있던 문재인이 특유의 느릿느릿한 말투로 말했다.

"가서 원칙대로 일하겠다."

참 그다운 말이었다. 하지만 이창수 씨는 갑자기 소중한 친구 하나를 잃는 것 같아서 착잡했다. 쓸쓸함이 왈칵 밀려들었다. 내 친구 문재인이 이제는 모든 사적인 관계를 뒤로 한 채 국민의 공복이 되기 위해 떠나는구나, 기쁜 마음으로 보내기야 하겠지만 이제 함께 어울려 다니며 추억을 쌓는 일은 힘들겠구나, 싶었다.

그런 이창수 씨의 걱정은 반은 맞고 반은 틀렸다. 참여정부 5년 동안 문재인은 친구들에게 단 한 통의 전화도 하지 않았다. 이창수 씨 역시 문재인에게 한 번도 연락을 하지 않았다. 그래서 좋았다. 문재인이 정말로 자신의 원칙을 지키며 살고 있는 것 같아서, 그런 친구의 마음을 헤아려서 연락 한 번 하지 않은 자신 또한 원칙을 잘 지키고 있는 것 같아서, 이것이 진정한 우정인 것 같아서.

소의 눈을 닮은 사람

"우리 어디서 만난 적 있나요?"

삼성전자 상무를 지낸 양향자 씨와 문재인의 만남은 그런 말로 시작되었다. 처음 만난 상대에 대한 의례적인 칭찬이나 미사여구가 아니었다. 양향자 씨의 그 첫 마디는 문재인의 눈 때문이었다.

"막 쏟아질 것 같은 그런 눈 있잖아요."

양향자 씨는 농담과 진담이 섞인 목소리로 말하며 웃었다. 그녀는 고등학교 졸업 학력에 호남 출신 여성이라는 핸디캡을 안고 우리나라 최고 기업의 임원 자리에까지 오른 사람이다. 말하자면 사회적으로 꽤 성공한 인물이었다. 때문에 정치계에서 탐낼만한 인재였지만, 오히려 그 때문에 누구도 그녀에게 선뜻 손을 내밀지 않았다.

문재인이 처음 양향자 씨를 찾았을 때, 그녀를 혹하게 할 만한 말이나 자리를 제시하지 않았다. 단지 한번 만나고 싶다는 이야기를 전화로 했을 뿐이다. 처음 문재인의 전화를 받았을 때, 양향자 씨는 정치후원금을 바라는 줄 알고 비서를 통해 10만원을 후원계좌로 입금했다. 그러나 다음 날, 그 다음 날에도 문재인은 전화를 걸어 담담하게 '한번 만나고 싶다'고만 했다.

몇 번의 전화 통화 끝에 두 사람이 마주 앉았을 때, 양향자 씨는 문재인에게 "우리 어디서 만난 적 있나요?"라고 물었다. 그 말에 문재인은 그 커다랗고 쏟아질 것 같은 눈을 소처럼 껌뻑일 뿐이었다.

크고 맑은 눈, 금방이라도 눈물이 쏟아질 것만 같은 눈, 그런 눈을 양향자 씨는 이미 알고 있었다. 돌아가신 친정아버지의 눈이었다. 문재인의 눈은 양향자 씨 아버지의 눈과 꼭 닮아 있었다.

"이제 곧 50대로 접어드실 텐데 상무님께서는 인생의 후반기를 어떻게 살고 싶으십니까?"

문재인이 큰 눈을 껌뻑이며 물었다. 양향자 씨는 그 말에 흠칫 놀라고 말았다. 그렇잖아도 그녀는 요즘 그런 문제로 심각하게 고민하던 중이었다. 시대가 변했다고는 하지만, 여전히 남성보다 여성의 사회 활동이 더 어려운 게 우리나라의 현실이다. 양향자 씨는 후배들을 위해 나름대로 많은 노력을 했지만, 눈에 띄게 달라진 건 없는 것 같았다. 여성의 사회 진출은 세상의 변화 속도를 따라가지 못하고 있었다.

그런 고민을 하고 있던 양향자 씨에게 문재인은 불공정한 현실을 함께 헤쳐 나가자고 담담하게 말했다. 그녀의 마음이 조금씩 흔들리기 시작했다. 그러면서 한 가지 고민이 생겨났다. 바로 가족이었다. 그녀의 가족은 평소에 정치인의 길을 반대하는 입장이었다. 특히 남편의 뜻이 그러했다. 깊은 고민 끝에 양향자 씨는 남편이 반대하면 정치에 입문하지 않겠다고 마음먹었다. 그리고 마지막이라는 심정으로 남편과 문재인의 만남을 주선했다.

양향자 씨의 남편과 문재인은 오랫동안 이야기를 나누었다. 처음 만난 중년의 남자끼리 무슨 할 말이 저렇게도 많나 싶을 정도였다. 그런데 한 발짝 떨어진 곳에서 두 사람의 만남을 지켜보고 있던 양향자 씨는 남편의 표정이 서서히 밝아지는 걸 느낄 수 있었다. 그 순간, 어쩐지 문재인과 남편이 서로 닮았다는 생각이 들었다.

돌아가신 아버지와 닮은 눈을 한 문재인, 거기다 외모마저 남편과 비슷해 보이는 문재인, 양향자 씨는 그제야 왜 그를 만나자마자 자신도 모르게 "우리 어디서 만난 적 있나요?"라고 물었는지 깨달았다. 우연히 찾아온 인연은 진작부터 끈끈하게 연결되어 있었던 거였다. 양향자 씨는 이렇게 덧붙였다.

"제 영어 이름이 제인(jane)이거든요. 그것도 참 재미있다고 생각했어요."

제인과 문재인. 양향자 씨는 사람과 사람 사이에는 운명처럼 이어지는 인연이 있다고 믿기 시작했다.

바보와 일꾼

오중기 씨는 신문기자로 잔뼈가 굵은 사람이다. 한국일보를 거쳐 동아일보 차장으로 있던 그는, 노무현 대통령이 탄핵을 당하자 사표를 썼다. 그리고는 야당에게 험지 중의 험지라는 경북 포항에서 정치를 시작한 '경상도 바보'이다.

오중기 씨는 태풍 '산바'가 남부지방을 강타한 2012년 9월 17일을 아직도 기억한다. 서울에서 여러 정치인과 관료들이 피해지역을 살펴본다고 내려왔다. 그런데 누구 하나 제대로 된 대책을 내놓지 못했다. 그들 대부분은 언론사 카메라를 대동하고 나타나서 사진을 찍어대는 일에 바빴다. 피해 복구를 위한 대책에 대해서는 갑자기 벌어진 일이라서 잘 모르겠다는 식으로 얼버무렸다. 씁쓸한 시선으로 그들을 바라보는 피해지역 주민들 앞에서 오중기 씨는 민망하기 짝이 없었다.

수해가 일어난 다음날, 당시 민주통합당 대선 후보였던 문재인은 중요한 일정을 모두 미루고 피해를 입은 경북 성주로 곧장 달려왔다. '사람이 먼저다'를 선거 구호로 내세우고 있던 그에게 지금 당장 수해로 인한 피해 정도를 파악하고 대책을 세우는 일보다 더 중요한 일은 없었다.

수해 현장에 대선 후보가 오면 의례적으로 행정기관에서 브리핑을 한다. 그러나 문재인 후보는 피해 복구를 하러 온 거지 브리핑을 받으러 온 게 아니라면서 완곡하게 사양하고 현장으로 가겠다고 했다. 그 모습에 브리핑 자리에 모여 있던 많은 관계자들은 놀라는 눈치였다. 이제껏 그렇게 행동하는 정치인은 본 적이 없었기 때문이었다. 그들이 놀라는 사이 문재인은 얼른 작업복으로 갈아입고 자리를 떠났다.

오중기 씨는 그런 문재인의 모습을 보면서 진정성을 느꼈다. 대부분의 정치인이나 관료들처럼 팔짱을 낀 채 브리핑을 받은 뒤 일하는 척 폼을 잠시 잡다가 사진만 찍고 갈 줄 알았던 것이다.

피해 복구 현장으로 직행한 문재인은 얼굴이 땀으로 범벅이 되고 작업복이 흥건해질 때까지 손에서 일을 놓지 않았다. 수해로 막대한 정신적 물질적 피해를 입은 주민들의 하소연을 일일이 들어주고 한 사람 한 사람에게 위로와 격려의 말을 건네기도 했다. 그도 인간인지라 그런 사람들을 많이 만나다보면 지치거나 피곤한 기색을 나타낼 만도 한데, 문재인은 그들의 손을 잡으면서 오히려 힘을 얻는 것처럼 보였다. 어려움에 빠진 사람들에게 힘이 되고 기댈 수 있는 존재라는 걸 저절로 느끼게 해주었다. 오중기 씨는 그런 문재인을 보면서 진정성이 무엇이며 참된 일꾼의 모습이 무엇인지 깨달았다.

문재인은 가끔 함께 일하는 사람들에게 직접 된장찌개를 끓여주곤 했다. 그날도 끼니를 거르며 일하는 사람들을 위해 솜씨를 발휘했다. 오중기 씨도 문재인표 된장찌개를 맛보았다. 문재인이 끓여준 된장찌개 맛은 독특했다. 일꾼의 손맛이 배어 있는 짭조름한 맛, 왠지 자꾸만 숟가락이 가는 그런 맛이었다.

경북지역에서 오랫동안 야당 정치인으로 살아온 '경상도 바보' 오중기 씨는 '일꾼' 문재인을 보면서 저런 사람이 대통령이 되면 우리 국민이 얼마나 행복할까 생각했다. 지금 우리에게는 자신을 내세우지 않고 오직 국가와 국민을 위해 묵묵히 일하는 일꾼 같은 정치인이 필요하기 때문에.

신부님과 미스 강

송기인 신부님은 부산 민주화운동의 대부이다. 노무현 전 대통령은 생전에 송기인 신부님을 자신의 정신적 지주라고 했다. 노무현 대통령에게 정의라는 뜻의 세례명 '유스토'를 지어준 분이기도 하고, 1988년 13대 총선에 출마할 것을 권유한 분이기도 하다. 사람들의 입에 자주 오르고 지면에서도 종종 이름을 확인할 수 있는 유명한 분이지만, 텔레비전이나 언론에서 그의 얼굴을 보는 일은 극히 드물다. 필요한 말, 필요한 일이 아니면 나서지 않는 성격 탓이다.

송기인 신부님을 아는 사람들은 그를 두고 무뚝뚝하고 퉁명스럽고 심지어 무례하다고까지 표현한다. 하지만 오래 알고 나면 따뜻한 인간미를 느끼게 된다는 말도 반드시 덧붙인다. 송기인 신부님을 처음 만나는 사람은 그 앞에서 긴장할 확률이 크다. 작지만 단단한 체구, 각진 얼굴과 어딘가 차가워 보이는 안경, 날카로운 눈매와 짙은 눈썹, 거기다 말수까지 적으니 첫 인상을 좋다고 하기는 어렵다.

"스승은 무슨, 그냥 친구지."

'노무현의 정신적 스승'이라는 세간의 평가에 그가 한 말이다. 송기인 신부님의 성정을 짐작할 수 있는 대목이다. 허례허식 없는 성격과 촌철살인의 말솜씨를 가진 송기인 신부님은 문재인의 어머니 강화옥 여사를 '미스 강'이라고 부른다.

1972년 사제 서품을 받은 뒤, 송기인 신부님은 부산의 여러 성당에서 사목직을 지냈다. 영도 신선성당에 몸담고 있던 때였다. 신부님은 그곳에서 강화옥 여사를 처음 알게 되었다.

당시 신선성당의 터줏대감이었던 강화옥 여사는 성당 사목위원회 부회장이면서 구역장까지 맡고 있었다. 해마다 사순절이면 신도들의 가정을 둘러보는 게 신부님의 일이다. 송기인 신부님의 기억에 따르면 강화옥 여사의 구역을 가면 다른 구역보다 어찌나 준비가 잘 되었는지 놀라울 정도였다고 한다. 예를 들어, 다른 신도의 집으로 이동하는 동안 강화옥 여사가 다음에 만날 가정에 대해 미리 설명을 해주더라는 것이다. 아주 간결하고 요령 있게 말해준 덕분에 송기인 신부님은 다음 신도를 편안하게 마주할 수 있었다. 마치 평소에도 잘 알고 있었던 사람을 대하는 것처럼.

"사람이 얼마나 책임감이 투철한지, 머리도 아주 좋아요."

강화옥 여사를 두고 송기인 신부님이 감탄하며 꺼낸 말이다. 어머니의 조리 있고 간결한 말솜씨를 아들 문재인이 고스란히 물려받은 모양이다. 문재인이 청와대에서 일을 할 때 송기인 신부님은 그 어머니에 그 아들이구나, 라고 감탄한 적이 있다. 불행하고 억울한 죽음을 맞이한 이의 장례식에 문재인이 문상을 하러 갔다. 슬픔과 울분에 찬 상주가 문재인에게 물었다.

"어떻게 이 지경이 되도록 했느냐."

문재인은 변명도 설명도 하지 않았다. 섣부른 위로를 늘어놓지도 않았다.

"저희 힘이 미치질 못했습니다."

그 한 마디만으로 송기인 신부님은 상주에 대한 사과와 두 번 다시 같은 일이 생기도록 하지 않겠다는 문재인의 약속을 느낄 수 있었다. 그런 문재인의 모습에서 자연스럽게 어머니 강화옥 여사를 떠올렸다. 항상 옷차림이 단정해서 붙여준 별명, 미스 강. 송기인 신부님이 붙여준 그 별명이 마음에 쏙 들었던 것일까. 그 뒤부터 강화옥 여사는 전화 통화를 하거나 인사를 나눌 때면 스스로를 "미스 강입니다."라고 했다. 신부님의 짓궂은 장난에 유쾌하게 화답하는 여든 살이 넘은 신도

라니, 질투 나게 아름다운 사이가 아닐 수 없다.

강화옥 여사는 얼마 전까지 부산 영도에 살면서 신선성당을 다녔다. 최근까지도 외부 사람들이 성당을 찾아와서 문재인 어머니가 다니시냐고 묻는 일도 잦다고 한다. 그런데 누가 문재인 어머니인지 아는 사람이 거의 없었다니, 정말 그 어머니에 그 아들이다.

딸의 결혼

문재인의 딸이 사귀던 사람과의 결혼 이야기를 꺼냈다. 그런데 부인 김정숙 씨가 반대했다. 딸을 고생시킬 것 같다는 게 이유였다. 김정숙 씨는 가난한 법대생을 만나 힘들게 살아온 자신의 길을 딸이 밟을까 봐 걱정이 되었던 것이다. (사윗감은 미국 로스쿨 진학을 준비 중이었다.)

김정숙 씨의 반대는 1년 넘게 지속됐다. 반면 문재인은 딸의 결혼 문제에 가타부타 말이 없었다. 그런 문재인이 성당에 가서는 유독 열심히 기도를 하는 것이었다. 하루는 김정숙 씨가 남편에게 무슨 기도를 그렇게 열심히 하느냐고 물었다.

"바라는 게 많은 아내를 하느님께서 용서해주세요."

문재인은 농담처럼 말했지만 김정숙 씨는 그 말에 담긴 남편의 진심을 읽을 수 있었다. 한편으론 자신의 뜻을 강하게 내세우지 않으면서도 결국에는 그 뜻을 이루어내는 남편의 화법에 새삼 놀라고 말았다.

문재인은 첨예한 논리로 상대를 곤란한 상황으로 몰아붙이기보다는 상대를 배려하면서도 스스로 문제의 본질을 깨닫게 하는데 남다른 재주가 있었다. 이를테면 문재인은 상대의 귀에 대해 말하는 게 아니라, 상대의 마음을 향해 자신의 마음을 보여주는 식이었다.

결국 김정숙 씨는 딸의 남자친구를 사윗감으로 받아들이고 결혼을 허락했다. 딸은 2010년 아들을 출산하고 경남 양산에서 잘 살고 있는 것으로 전해진다.

지난 18대 대선에서 문재인 후보의 지지자들은 가족들이 문재인을 응원하는 모습을 보고 싶어 했다. 아들 문준용 씨는 종종 언론에 모습을 드러냈지만, 딸은 지지자들의 거듭된 부탁에도 나오지 않았다.

"그건 아버지의 결정이고 아버지가 하는 일인데 왜 제가 거기 나가야 하죠? 전 아버지 출마도 개인적으로는 반대고 저의 사생활이 노출되는 것은 더더욱 싫어요."

문재인의 대선 출정식 행사 기획을 맡은 탁현민 성공회대 교수는 "아버지가 얼마나 어려운 결정을 내렸는지 아시지 않느냐. 아버지가 어떤 분인지도 알고 있지 않느냐."며 딸을 설득했다.

"알죠, 우리 아버지가 어떤 분인지. 그리고 아버지가 자신의 이익을 위해서 나선 게 아니라는 것도 잘 알죠. 하지만 그건 아버지의 일입니다. 저희 아버지는 단 한 번도 가족에게 무언가를 강요하거나 따르라고 한 적이 없습니다."

딸은 그렇게 말했고, 탁현민 교수는 더 이상 매달리지 않았다.

문재인은 식구들에게조차 권위적이지 않고 배려와 존중을 실천하는 사람이다. 평소 문재인 내외를 보면, 결혼 30년 차를 훌쩍 넘긴 부부라기보다 연애 중인 커플 같다는 인상을 받는다. 늘 설레는 눈으로 상대를 바라보고, 듬뿍 사랑 받는 사람만이 풍길 수 있는 밝고 유쾌한 모습을 하기 때문이다.

김정숙 씨는 2012년 모 시민단체가 주최한 결혼 관련 강연에서 문재인과의 결혼을 결심하게 된 과정을 소개하면서 "상대방의 능력에 기대는 게 아니고 내 능력을 믿고 상대방을 믿었다."고 했다.

"부부는 부모 같은 마음으로 서로를 키운다는 생각을 가져야 해요. 서로가 서로에 의해, 서로의 결과물이 될 수 있는 관계를 만드는 거죠."

문재인이 인권 변호사로 활동하던 때부터 김정숙 씨는 남편을 지지하고 응원해왔다. 왜 이것밖에 벌지 못하느냐, 이런 일은 왜 하느냐는 식의 잔소리를 했다면 오늘날의 문재인은 없었을 것이다. 각자가 자신의 소신과 원칙을 지닌 가족, 그리고 자신의 원칙과 소신을 다른 구성원에게 강요하지 않는 가족, 그런 가족이 있기에 문재인은 다른 사람의 길이 아닌 문재인만의 길을 걸어올 수 있었다.

형과 아우

문재인은 2남 3녀 중 장남이다. 가족에 대해 언급하는 걸 꺼려해서 가족의 근황이 공개된 적은 별로 없다. 누나와 여동생은 평범한 가정주부이고, 남동생은 배를 타는 선장, 막내 여동생은 어머니 강한옥 여사를 모시고 부산 영도에 산다는 것 정도만 알려져 있다. 유일한 남자 형제인 문재익 씨는 해양대를 나와서 선원으로 일했다. 원양어선인지 상선인지는 확실치 않다.

문재인은 청와대에 들어가면서 가족들에게 말과 행동을 조심할 것을 신신당부했다. 부인과 자식들은 물론이고 형제들에게도 꼼꼼히 주의시켰다. 그래서인지 동생 문재익 씨와 같이 배를 타던 동료들조차도 그가 문재인의 동생이라는 걸 몰랐다. 동료들은 문재익 씨가 술자리에서 무심코 내뱉은 말을 듣고서야 그의 형이 어떤 사람인지 알고 놀라곤 했다.

고기잡이 배인 원양어선은 짧게는 몇 개월에서 길게는 몇 년 동안 바다에서 지낸다. 그 긴 시간을 고된 노동과 배 멀미, 짭짜름한 물, 쌀과 물고기를 제외한 모든 음식은 냉동식품으로 조리해 먹어야 하는 등 육지보다 훨씬 열악한 조건 속에서 생활해야 한다. 고기잡이라는 목적이 확실한 어선과 달리 상선은 손님을 실어 나르는 여객선, 일반 화물선, 차를 운반하는 차량 화물선, 컨테이너 선 등 종류가 다양하다.

요즘은 많이 나아졌지만 예전에는 배 타는 사람에 대한 편견이 있었다. 거칠고 못 배운 사람들이 생존을 위해 어쩔 수 없이 하는 일이라는 인식이 강했다. 지금은 상황이 많이 달라졌지만, 한때 우리나라 무역의 상당 부분을 해양무역이 담당했다. 그만큼 해양산업에 대한 의존이 컸다.

해양대를 졸업한 문재익 씨는 모 기업에 입사했다. 그 회사는 에너지 사업, 원자재 수출입 사업, 기계·엔진 사업, 해운·물류 사업 등을 하는 꽤 큰 기업이었다. 조선, 해운, 건설 등 여러 분야의 계열사도 가지고 있었다. 그런데 문재인이 대통령 비서실장이 되자, 회사에서 동생 문재익 씨를 해상 직이 아닌 육상 직으로 발령을 냈다.

어선이든 상선이든 '배를 타는 일'은 쉬운 일이 아니다. 육지에서 일하는 육상 직은 배를 타는 해상 직처럼 오랫동안 가족과 떨어져 있지 않아도 되고, 집에서 출퇴근하면서 근무할 수 있다는 게 큰 장점이다. 동생이 육상 직으로 발령이 났다는 소식을 들은 문재인은 바로 문재익 씨에게 전화를 걸었다.

"너에게 그렇게 대우를 해도 너희 회사에 도움 줄 일은 없을 거다. 그러니 다시 배를 타러 가라!"

형의 단호하고 깔끔한(?) 호통에 문재익 씨는 해상 직으로 보직 변경을 요청했고, 다시 배를 타고 바다로 나갔다. 그 뒤로 선장이 된 지금까지 문재익 씨는 계속 배를 타고 있다.

언젠가 선원들과의 술자리에서 문재익 씨는 그 일에 대해 솔직한 심정을 털어놓은 적이 있다. 다시 배를 타러 가면서 잠시 형을 원망하기도 했지만, 형의 진심을 누구보다 잘 알기에 흔쾌히 배를 탈 수 있었다고. 동생의 육상 직 발령 소식을 듣고 전화를 건 형 문재인과, 형의 의중을 이해하고 순순히 배를 탄 동생 문재익 씨. 두 사람 모두 서로에 대한 믿음이 있었기에 가능한 일이었다. 이런 경우에 딱 알맞은 한자성어가 있다. '난형난제(難兄難弟)'.

바둑과 오목

문재인이 사법연수원에 있으면서 검찰청 연수를 받던 때였다. 어느 토요일, 친구와 함께 부산에 가기로 약속했는데 마침 검찰청 바둑대회가 열렸다. 바둑에 취미가 있던 문재인은 친구에게 잠깐 바둑대회에 들렀다 가자고 했다.

"바둑 잘 두는 검사가 많아서 나는 1회전에서 탈락할 거야. 참가만 했다가 부산으로 가자."

친구도 바둑을 좋아했던 터라 문재인의 제안에 흔쾌히 동의했다. 두 사람은 바둑대회가 열리는 종로 관철동 한국기원으로 갔다. 검사들이 참가하는 대회라서 그런지 김수영 프로가 심판위원장이었다. 한국기원의 연구생 몇이 초읽기 등 진행을 도왔고 상품도 제법 푸짐했다.

친구는 문재인이 초반에 탈락할 줄 알았다. 그런데 예상을 깨고 계속해서 이겼다. 그 바람에 부산행은 자꾸만 늦어졌다.

"저는 구경꾼이었으니까 지루하기 짝이 없었죠. 기다리다 지쳐서 재인이에게 그만 포기하고 가자고 잔소리를 했어요. 잠깐만 기다리라고 해놓고는 계속 시간이 늘어지니까 슬슬 짜증이 나더라고요. 서울에서 부산까지 갈 길도 먼데……. 그런 저를 딱하게 여겼던지 김수영 사범님이 연구생과 접바둑을 두라고 해서 한 수 배우는 영광을 누리기는 했죠."

1회전에서 탈락할 거라던 문재인은 승승장구하더니 결국 우승을 차지했다. 대회 시작부터 시상식이 끝날 때까지 두 사람은 부산으로 떠나지 못한 채 대회장에 머물렀던 것이다.

"그런 기질이 오늘의 재인이를 만들지 않았나 싶어요. 무슨 일이든 일단 시작하면 최선을 다하는 친굽니다. 그날 내가 지루해하자 연구생에게 도전해보라고 부추긴 것도 재인이에요. 심지어 연구생과 맞바둑을 둬보라고까지 하더군요. 사자나 호랑이는 토끼 한 마리 잡는 데도 전력을 다한다고 하지요. 한번 시작한 일에는 모든 열정을 다 쏟아 붓는 게 재인이 스타일입니다."

그날 두 사람은 밤 11시발 부산행 무궁화호 기차를 탔다. 기차 안에서도 둘은 밤새 치수 고치기 바둑을 뒀다. 맞바둑이었던 게 3점인가 4점까지 벌어졌던 것으로 친구는 기억한다. 한국기원 연구생과의 대국을 경험하고, 검찰청 바둑대회에서 우승한 문재인과 맞바둑을 두게 되면서 친구는 바둑에 자신감이 붙었다. 그 후로는 웬만한 사람에게도 꿀리지 않는 실력을 갖추게 되었다.

중학교 1학년 때 문재인과 같은 반이었던 또 다른 친구는 오목 때문에 문재인에게 좌절한 경험이 있다.

"둘 다 키가 작아서 맨 앞줄에 나란히 앉았어요. 짝지를 했는지는 기억이 안 나는데 앞줄에 앉은 꼬마들끼리 동류의식으로 똘똘 뭉쳐서 즐겁게 학교 생활을 했죠. 그때나 지금이나 대체로 꼬마들의 평균 학력이 키 큰 친구들보다 낫지 않나요? 작은 꾀돌이, 똘똘이들이었던 셈이죠."

당시는 쉬는 시간에 모눈종이를 펼쳐놓고 영어단어 잇기를 하거나 오목시합을 하는 게 인기였다. 그는 월등한 실력으로 다른 친구들을 모두 제치는 '오목대장'이었다. 그런데 어느 날부터인가 문재인에게 슬슬 밀리기 시작했다.

"믿을 수가 없었죠. 나를 이길 사람은 없다고 생각했거든요. 그래서 재인이에게 나를 이기는 비법이 뭐냐고 물어봤어요."

"니는 삼삼, 삼사가 되지 않도록 막을 때 꼭 너에게 유리한 쪽으로만 막더라."

친구가 자신이 유리한 수에만 관심이 쏠려 있을 때, 문재인은 상대의 수까지 내다보면서 둔 것이었다. 친구는 공부에 자신이 있었고 특히 수학은 누구보다 잘할 정도로 명석했다. 하지만 아직 상대의 수를 예측하는 경지에는 이르지 못한 상태였다. 그 후로도 그는 문재인에게 여러 번 도전했지만 번번이 지고 말았다.

"재인이는 그때 이미 또래들보다 월등하게 똑똑했어요. 앞줄에 앉았던 우리 꼬마들은 다 아는 사실이죠."

미니아파트와 영화 「변호인」

문재인은 판사가 되고 싶었다. 연수원을 차석으로 수료했고, 수료식에서 법무부장관상을 받았기 때문에 당연히 판사로 임용될 줄 알았다. 그런데 대학 시절 유신 반대 시위를 주도한 전력으로 인해 판사가 되지 못했다.

할 수 없이 변호사 개업으로 방향을 바꿨다. 「김&장」을 비롯해 괜찮은 로펌에서 스카우트 제의가 들어왔지만, 그는 일반 변호사의 길을 가기로 했다. 고향 부산에서 시작하자. 문재인은 그렇게 결심했다. 서울시립합창단원으로 있던 아내에게 미안했지만, 아내는 그의 뜻에 흔쾌히 동의해줬다.

부산 영도구 영선동 미니아파트.

문재인은 그곳에서 어머니를 모시고 신혼 생활을 시작했

다. 1978년에 건축되고, 41개동 246가구로 구성된 그 아파트는 한 동이 3층 여섯 가구로 이루어져 있었다. 편의상 아파트라고 했지만 실제로는 시간을 두고 한 동씩 지어진 다세대 주택이었다. 이름에서 짐작할 수 있듯이 미니아파트는 서민형 주거단지였다. 당시로서는 대규모 다세대 주택단지로, 원래 명칭은 동네 이름을 딴 '영선미니'였다.

뮤지컬 배우 박해미 씨도 그 미니아파트에 산 적이 있다고 한다. 박해미 씨는 문재인이 이사 오기 전에 대학에 합격해서 서울로 왔는데, 그가 쓴 책 『맘마미아, 도나의 노래』에 그때 추억이 기록되어 있다.

> "부산에서 우리가 살게 된 곳은 영도에 있는 방 세 개가 다닥다닥 붙어 있는 작은 아파트였다. 거실이라 할 것도 없이 방만 다닥다닥 붙은 그 아파트는 꼭 장난감 같았다. 우리는 그 집을 '미니아파트'라고 불렀다. 환경이 극과 극으로 확 달라졌지만 궁상스럽다거나 슬프다는 생각은 들지 않았다. 오히려 모든 것이 신기하고 재미있어 보였다. 그 좁은 방에서 아홉 식구가 부대끼며 지내면서도 우리 남매는 한 번도 우리가 가난해졌다는 것에 주눅 들지 않았다. (중략) 미니아파트는 물 사정이 좋지 않았다. 때문에 물탱크에 남아 있는 잔수량을 계산해서 공용

으로 사용해야 했는데, 하루는 물 때문에 이웃과 시비가
붙었다. 싸움의 구체적인 내막은 기억하지 못하지만, 그
싸움 끝에 어머니가 울기 시작했다. 나는 살면서 어머니
가 우는 모습을 그날 처음 보았다."

누구는 장난감 같았다고 하고, 누구는 성냥갑 같았다고 말
하는 '작은 집'. 노무현 전 대통령을 소재로 한 영화 「변호인」
에는 미니아파트 주변이 배경으로 등장한다. 변호사 송우
석(송강호 분)은 바닷가가 내려다보이는 초라한 집 앞 계단에
서 국밥집 주인 최순애(김영애 분)를 기다리는데, 그곳이 부산
의 산토리니라 불리는 '흰여울길'의 시작점이다. 부산에서 유
명한 해안마을로, 시선이 닿는 곳마다 온통 푸른 바다다. 부
산의 원도심이 한눈에 들어오고, 시선을 돌리면 멀리 용두산
공원 부산타워와 민주공원도 보인다. 영화의 무대가 된 집
담벼락에는 "니 변호사 맞제? 변호사님아 니 내 쫌 도와도."
라는 대사가 적혀 있다고 한다.

노무현 대통령의 친구 문재인이 살았던 영도 미니아파트
와 노무현 대통령을 모델로 한 영화 「변호인」의 촬영지가 이
처럼 가까운 곳에 있다니…… 인연은 예기치 않은 곳에서도
이렇게 만나지는가 보다.

나는 잠수 탈 거요

이윤택 씨는 연극계의 거장이다. 그는 연희단거리패 예술감독, 서울예술단 대표감독 등을 지낸 우리나라의 대표적 연출가로, 2012년 문화재청이 주관한 숭례문 재개관 축제의 연출을 맡기도 했다.

극작가 겸 시인이기도 한 이윤택 씨는 문재인과 경남고등학교 같은 반 같은 분단이었다. 그는 학창 시절의 문재인을 말과 행동이 따뜻했던 친구로 기억한다.

문재인은 청와대에 입성한 뒤로는 동창들을 일절 만나지 않았다. 동창회에도 나가지 않았다. 문재인이 청와대에 들어간 뒤로 사적 모임에 나타나지 않자 어떻게 그럴 수 있느냐며 서운한 감정을 토로하는 친구들도 많았다. 이렇게 하다

가는 친구들의 신임과 우정을 잃게 될 거라는 경고성 충고도 터져 나왔다. 친구들의 원성이 컸지만 문재인은 동창이나 동문들의 사사로운 전화를 받거나 사무실 방문에 절대로 응하지 않았다. 문재인이 스스로 세운 원칙을 얼마나 철저하게 지켰는지를 알 수 있는 일화들이다.

이런 일도 있었다. 이윤택 씨가 2005년부터 2007년까지 국립극단 예술 감독으로 있을 때였다. 노무현 대통령이 그가 연출한 창극을 보러 왔는데, 대통령이 오는 자리에 비서실장인 문재인이 참석하지 않은 것이다. 고등학교 동창이자 같은 반 같은 분단이었던 문재인이 오지 않다니! 이윤택 씨는 섭섭함을 감출 수가 없었다.

"정말 너무하다는 생각이 들었습니다."

아무리 동창들과 거리를 둔다고 하지만 그 정도일 줄은 몰랐다. 서운함은 두터웠던 우애에 금을 내고 부정적인 마음마저 갖게 했다. 그런데 나중에야 이런 생각이 들었다.

'내가 예술 감독이 된 게 문재인의 도움으로, 흔히 말하는 낙하산이라는 오해를 살까봐 그랬던 게 아닐까? 다른 곳도 아니고 국립극단에서 아는 체를 하면 사람들이 의심할 것을 걱정했던 건 아닐까? 그래서 마음으로만 응원하고 직접 와서 축하 인사를 건네지 않은 게 아닐까?'

학창 시절의 문재인과 변호사 시절 문재인의 성격과 성품을 아는 이윤택 씨는 자신의 생각이 맞을 거라고 여겼다. 그제야 아쉬웠던 감정이 조금 가라앉았다.

"어떤 사람은 제가 문재인을 지지하는 유세를 하면 나중에 장관 자리라도 꿰차지 않을까 생각하겠죠. 하지만 택도 없는 소립니다. 만약 문재인이 대통령이 된다면 저는 잠수를 탈 겁니다."

문재인과 고등학교 동창이라는 이유로 자신에게도 수많은 청탁이 들어올 텐데, 자신은 문재인에게 그런 부탁을 할 마음도 없고, 설사 한다 해도 문재인이 들어줄 리 없다는 거였다.

"저도 인간인지라 어려움에 처한 사람을 도와달라거나 올바른 사회를 만드는 데 기여해보자는 제안이 오면 거절하지 못할 텐데, 그러면 입장이 난처하잖아요. 정당한 절차를 밟아서 진행하는 건 얼마든지 가능하겠지만, 권위나 권력에 기대거나 학연과 지연 같은 인맥으로 연결시켜주는 일은 불가능할 겁니다. 그래서 차라리 사라지는 게 마음 편할 거예요."

문재인이 대통령이 된다면 문재인과 친한 사람들은 모두 잠수를 타야 할지도 모르겠다. 그러나 미리 걱정할 필요도 없을 것 같다. 아무리 가까운 사람이라고 해도 문재인이 사사로운 청탁을 들어줄 리 없으므로. 문재인의 성품을 감안하면 충분히 그럴 것이므로.

디모테오의 기도

문재인이 가톨릭 신자라는 건 제법 알려진 사실이다. 부산 영도에 있을 때는 어릴 때부터 다녔던 신선성당에, 양산 자택에 머물 때는 양산 덕계성당에, 19대 국회의원 생활을 하던 때는 종로구 세검정성당에 나갔다.

문재인과 김정숙 씨는 신선성당에서 결혼식을 올렸다. 두 집안이 모두 가톨릭이라 이견이 없었다. 신선성당의 역사는 한국전쟁 때로 거슬러 올라간다. 그때는 가톨릭대학이었다가 전쟁이 끝난 후 1955년에 신선성당이 되었다.

신선성당은 문재인이 남항초등학교에 다닐 무렵 줄을 서서 구호 배급을 받았던 곳이기도 하다. 그 시절에는 가난한 사람들이 많아서 성당에서 구호 식량을 나눠줬다.

초등학교 1~2학년 무렵이었을 것이다. 배급 날이 되면 문재인은 학교를 마친 후 양동이를 들고 성당에 가서 줄을 섰다. 내키지 않는 일이었지만, 배급 식량을 받아오는 일은 장남이 해야 할 노릇이라고 문재인은 생각했다. 수녀님들은 그런 문재인을 꼬마라고 부르며 사탕이나 과일을 손에 쥐어주기도 했다.

그때 성당에서 배급해준 것은 강냉이 가루가 대부분이었다. 가끔 우유를 건조시켜 분말 형태로 만든 전지분유가 나오기도 했다. 오스트리아 부인회의 구호·원조 단체가 제공하는 구호 식량을 본당에서 나눠주었는데, 가난한 피난민이었던 문재인의 가족에게는 어려운 시절을 이겨내는데 큰 도움이 되었다.

수녀님들이 수녀복을 입고 구호 식량을 나눠주는 모습은 천사 같았다. 그런 고마움 때문에 어머니가 먼저 천주교 신자가 됐다. 문재인도 초등학교 3학년 때 영세를 받았다. 문재인의 세례명은 '디모테오'이다. 디모테오는 사도 바울로의 제자로 '하느님을 공경하는 자'라는 뜻이다.

문재인은 SNS를 통해 가끔 종교적인 면모를 보여주기도 한다. 2015년 11월 15일에는 기도의 절실함에 대해 자신의 페이스 북에 이런 글을 남겼다.

'백남기 님 병문안 다녀왔습니다. 수술은 잘 됐지만 이 삼일이 고비라고 합니다. 가족들에 의하면, 정부나 경찰 측에선 병문안이나 위로가 없었다고 합니다. 가톨릭농 민회 신부님들이 치유를 비는 미사를 올리고 있었습니 다. 정말 기도가 절실할 때입니다.'

민주당 대표를 그만 둔 뒤인 2016년 5월 16일, 문재인의 페이스 북에는 소록도에서 기도하는 사진 한 장과 함께 마리 안느 수녀님을 만난 이야기가 올라왔다.

'슬프면서도 아름다운 소록도에서 오늘 마리안느 수녀 님, 그리고 소록도에 계셨거나 소록도 출신인 신부님들 과 함께 식사를 했습니다. 그분들의 헌신 앞에 한없이 겸손해질 수밖에 없습니다. 섬긴다는 말의 참 뜻을 그보 다 더 보여줄 수 있을까요. 천사가 있다면 그런 모습일 것 같습니다.'

세상을 바꾸는 일

노무현 전 대통령의 홍보기획 비서관을 지낸 양정철 씨. 그는 2011년 문재인이 『운명』을 펴낼 때 자료 수집과 원고 정리를 도왔다. 문재인의 원고를 정리하면서 그는 남몰래 울었다. 문재인의 원고에서 가슴 속 깊은 곳에 숨겨진 '회한의 생채기'를 보았기 때문이다. 원고를 쓰면서 문재인은 얼마나 가슴이 아팠을까. 평생 지우지 못할 상처로 남은 그 상황을 돌아보며 정리하는 과정이 얼마나 큰 고통이었을지, 양정철 씨는 잘 알았다. 그래서 그는 문재인의 원고를 보며 눈물을 흘렸다. 그가 짐작했던 것보다 문재인의 슬픔과 회한은 훨씬 깊었던 것이다. 그런데도 문재인은 책에 이렇게 적었다.

"충격, 비통, 분노, 서러움, 연민, 추억 같은 감정을 가슴 한 구석에 소중히 묻어두고, 우리가 해야 할 일을 냉정하게 시작해야 한다."

비통이나 분노와 같은 감정에 빠져 있기에는 상황이 만만치 않았다. 냉정한 자세로 앞날을 헤쳐 나가야 하는 게 자신의 '운명'임을 문재인은 이미 알고 있었다. 책의 제목『운명』은 노무현 대통령의 유서에서 모셔온 것이었다.

'너무 슬퍼하지 마라. 삶과 죽음이 모두 자연의 한 조각 아니겠는가? 미안해하지 마라. 누구도 원망하지 마라. 운명이다.'

문재인은 노무현 대통령이 남긴 '운명'이라는 단어를 고스란히 자신의 운명으로 떠안았다. '그가 졌던 짐을 우리가 기꺼이 떠안는 것이야말로 가장 아름다운 이별'이라고 문재인은 책에 썼다. '새 시대의 첫차가 되겠다'는 문재인의 발언은 공허한 정치적 수사가 아니었다. 공정하고 모두가 골고루 잘 사는 나라를 만드는 것, 가난한 대통령이 꿈꾸었던 세상은 문재인도 오랫동안 바라던 것이었다.

책이 나오기까지 우여곡절도 많았다. 사실 문재인은 책 내는 걸 원하지 않았다. 그럼에도 어렵사리 책을 낸 건 두 가지 이유 때문이었다. 노무현 대통령과 참여정부에 대해 정확하게 증언하고 그 공과를 기록하려는 것과, 이를 통해 민주개혁진보진영의 참여정부 극복을 이끌어내기 위함이었다.

막상 책을 내기로 했으나 문재인은 자신의 지난날을 드러내는 걸 주저했다. 그는 가난 속에서 태어나 가난과 더불어 자란 덕분에 가난을 잘 알았다. 그래서 가난한 사람들에게 더욱 눈이 갔다. 어떻게든 그들에게 도움이 되는 삶을 살고 싶었다. 가난한 사람들도 살만한 세상을 이루고 싶었다. 그러기 위해서는 가난을 잘 알고 가난과 함께 해온 문재인의 인생사가 필요했다. 결국 책에 그런 내용을 담기는 했지만, 책이 나온 뒤에도 그는 못내 어색해 했다. 자신을 드러내는 일에는 여전히 서툰 사람이 그였다.

문재인이 책을 집필하면서 가장 신경을 쓴 대목은 민주개혁진보진영에 바라는 당부였다. 정권 교체를 위해 우리가 해야 할 일을 열거하고, 우리가 서 있는 자리를 냉정하게 판단해서 힘을 하나로 모으자는 제언은, 책 전체를 통틀어 그가 가장 하고 싶었던 말이었다.

"지금 집권을 말하기 전에 진보·개혁 진영이 얼마나 달라졌을까 생각하면 두려운 마음이 든다. 2003년 참여정부 집권 시기에 비해 현재 우리 진보 개혁진영의 역량과 집권능력은 얼마나 향상됐을까. 진영 전체의 역량을 함께 모으는 지혜는 얼마나 나아졌을까. 참여정부 5년, 더 나아가 민주정부 10년의 성공과 좌절에서 우리의 역량과 한계를 따져보고 거기서 출발해야 한다. 내가 강조하고 싶은 것은, '진보·개혁 진영 전체의 힘 모으기'에 실패하면 어느 민주개혁정부가 들어서더라도 같은 전철을 밟게 될 것이라는 점이다."

책은 발간 하루 만에 초판 1만5천부가 매진되었다. 추가 주문이 잇따랐다. 당시 출판시장에선 경이로운 일이었다. 양정철 씨는 사람들이 문재인의 책에 관심을 갖는 가장 큰 이유는 갈망 때문일 거라고 조심스레 추측했다. 노무현 대통령과 그 시절의 추억에 대한 갈망, 이명박 정권의 퇴행에 따른 변화의 갈망 말이다.

책이 나온 후 언론을 비롯한 많은 사람들이 문재인에게 물었다.

"세상을 바꾸기 위해 당신은 이제 무엇을 하겠느냐?"

그의 답변은 한결 같았다. '사람이 먼저다.'

이제는 그 질문에 대한 대답을 문재인에게만 요구할 게 아니다. 세상을 바꾸는 일은 대한민국 국민 모두가 고민하고

실천해야 할 화두이다. 변화는 어느 한 사람에 의해 이루어

지는 것이 아니므로.

반갑다, 문재인!

몇 년 전 우연한 자리에서 문재인이라는 '사람'을 만난 적이
있다. 그는 기억할 수 없겠지만 나는 기억할 수 있다. 나야 텔
레비전에 나오지 않는 사람이지만 그는 텔레비전만 켜면 나
오는 사람이니 말이다.

 '문재인은 사람이다.' 그날 이후 이 당연하면서도 알쏭달쏭
한 등식을 나는 내 안에 깊이 새겨온 듯하다. 누가 시켜서가
아니다. 누가 말해서도 아니다. 내가 보아서다. 내가 들어서
다. 나랏일 하는, 흔히 정치꾼이라 하는 이들에 대한 선입견
을 일순 날리게 한 그의 말과 그의 제스처를 나는 지금도 또
렷하게 기억한다. 여럿이 두루 함께한 자리였고, 시간은 많지

않았고, 그를 훔쳐보기에 급급하다 혼잣말하듯 읊조리던 내가 있었다. "책을 너무들 안 읽어요."

"예?" 네, 가 아닌 예. 수긍해버리고 마는 수렴의 네, 가 아니라 흡수할 작정으로 발산하는 예, 의 그 뉘앙스. 이내 그는 외투 안쪽에서 수첩을 꺼내어 펼쳤다. 이미 빼곡하게 글씨로 들어찬 칸칸 어딘가 빈자리를 찾는 듯싶더니 주머니에서 세 번쯤 접어 작은 네모가 된 A4 용지의 덜 찬 어느 면에 볼펜심부터 맞대고 나섰다. 밥벌이가 책 만드는 일이다보니 출판계의 어려움과 먹고사는 일에 관한 막막함을 한탄스럽게 털어놓는데 메모하는 그의 손이, 내 입을 보는 그의 눈동자가 빠르게 움직여나갔다. "그렇습니까?" "아하 거참." "그래요, 그래." "압니다, 잘 알지요." "어떻게 이렇게 몰랐을까요." "꼭 기억해두겠습니다."

틈틈이 나의 말에 덧붙여지는 그의 추임새로 전해지던 '문재인이라는 사람'의 진심. 말하려는 의지보다 들으려는 의지가 앞서는 자의 느림, 그러나 한발 앞서 뭔가 궁리하는 일색이 역력한 배려로서의 기다림. 일어나야 할 시간임에도, 모두가 그만 가자고 이끄는 가운데서도 방석에서 쉽게 엉덩이를 떼지 못한 채 썼다 지웠다 내 말끝을 놓치지 않으려는 그의 늘어지는 골똘함은 분명 호기심 많은 어린아이처럼 순정한 것이었다.

그 순간 이 사람이야말로 이 나라 정치판에서 지금껏 보지 못한 부류의 정치인이 아닌가 싶은 생각을 하게 됐다. 내가 무조건 옳습니다, 외치고 보는 정치인은 많아도 내가 무조건 옳을까요? 자문부터 하는 '정치하는 사람'은 그리 흔한 캐릭터는 아니지 않았는가 이 말이다. 당신은 내게 집중해야 합니다, 하며 포커스를 자신에게 맞추는 것이 아니라 당신에게 내가 집중하겠습니다, 포커스를 우리에게 맞추는 그 태도, 그 시선 변화의 신선함. 무릇 정치인이라 하면 정치를 내맡긴 우리들과 눈높이부터 맞추는 일이 기본 아니겠나.

물론 이 짧은 에피소드 한 토막이 '문재인이라는 사람'을 온전히 이해하는 데 있어 충분한 설명이 될 수 없음도 실은 아는 바이다. 사람은 사람으로 직접 만났을 때 긴 말 또는 군말 없이 척 보면 안다 할 수 있는 노릇일 터, 일단 주위에서 그를 겪었다는 몇몇의 이야기를 들어봤다. 덧대고 뺄 것도 없이 내가 겪은 그가 그였다. 내가 만난 그가 맞았다. 경우에 따라 사람에 따라 가면을 바꿔 쓰는 도통의 술수란 것도 그는 부릴 줄 몰랐다. 예의 좋은 사람인 건 알겠는데 예의 재미있는 사람이란 건 자신할 수가 없을 정도로 사는 일에 일관성을 보이는 사람, 그런 사람 문재인.

그래서인지 사람들의 추억담 속에 공통으로 발견되는 대목이 제법 되었다. 이를테면, 문재인은 매일 감나무에게 말을 거는 사람이었다. 이 나라의 정서에서 같이 가자! 하는 건 친구를 등에 업는 일이라 힘든 친구를 보면 들쳐 업기부터 하는 사람이었다. 말을 잘하려고 애쓰기보다 입 대신 귀를 활짝 여는 것을 우선으로 삼아온 사람이었다. 도통 화내는 법이 없는 사람이었다. 누군가를 이유 없이 험담한 적이 없는 사람이었다. 힘들다 싶을 때면 어디선가 불쑥불쑥 그를 돕는 누군가를 참 많이 가진 사람이었다. 좋은 인연은 반드시 더 좋은 인연으로 돌아오는 법이란 걸 믿는 사람이었다. 보통의 다정함으로 만만한 사람인가 싶다가도 그 결이 한결같아 슬그머니 뒤따르게 만드는 사람이었다. 함께 길을 가다 서점이 보이면 슬그머니 끌고 들어가 책을 사주는 사람이었다. 시골 장에서 마늘 두 접을 사서 슬쩍 한 접을 건네주기도 하는 사람이었다. 무엇보다, 노무현 전 대통령의 유서를 지금도 지갑 속에 간직하고 있는 사람이었다.

마틴 루터 킹 목사가 그랬다지. 세상을 변화시키는 이는 창조적이고 헌신적인 소수라고. 문재인과 고등학교 동창인 건축가 승효상 선생은 오랫동안 지켜본 '문재인이라는 사람'

을 이 문장에 빗댔다. 창조와 헌신이라. 창조가 깊다면 헌신은 넓고, 창조가 미래라면 헌신은 과거다. 애초에 두 단어는 태생부터가 다른 것이어서 보통 창조하는 자는 앞질러가고 헌신하는 자는 뒤따라가기 마련인데 문재인의 몸과 마음이 이 둘에 닿아 있다면 그것만으로도 우리는 이제 안팎으로 좀 안심해도 되지 않으려나 싶다.

"문재인이 '그렇게 해야 합니다' 하면 정말 그렇게 해야 한다는 생각이 들었습니다. 문재인이 '그렇군요' 하면 위로가 되었습니다. 문재인이 '그렇게 하면 안 됩니다'라고 말하면 정말 그렇게 하면 안 된다는 확신이 들었습니다. 그가 바로 문재인입니다."

『나의 문화유산답사기』의 저자 유홍준 교수의 말이다. 이 몇 줄이면 충분했는데 중언부언 내가 말이 너무 많았다. 어쨌거나 이심전심은 또한 안심이 아니겠나. '문재인이라는 사람'을 만날 수 있어, '문재인이라는 사람'이 곁에 있어 우리 참 다행인 것 같다. 반갑다, 문재인!

2017년 2월
김민정 씀

도와주신 분들(무순)

황현진, 이재은, 한홍석, 문신, 안도현, 김병용, 하미숙, 박성우, 백가흠, 이유, 김기문, 류승철, 최대한, 「문재인과 전우들의 모임」(강운중, 노창남, 백덕봉, 오세창, 윤영식, 이형만, 인영옥, 장상대, 최경원, 최종길), 「유나톡톡」, 다음카페 「젠틀재인」·「문팬」

• 이 책에 나오는 분 중에는 연락이 닿지 않아서 양해를 구하지 못한 분이 있습니다. 출판사로 연락주시면 고맙겠습니다. moakbooks@daum.net

문재인

1953년 경남 거제에서 태어나 부산에서 성장했다. 경남중고등학교를 거쳐 경희대학교 법학과에 입학했다. 1980년 제22회 사법시험에 합격하여 사법연수원을 수료한 다음 부산에서 인권 변호사로 활동했다. 이때 인연을 맺은 노무현 대통령을 도와 청와대 민정수석, 시민사회수석, 비서실장을 지냈다. 노무현 대통령이 서거하자 장례에 관한 모든 절차를 도맡았으며 「노무현재단」 등 기념사업 일을 이끌었다. 부산 사상구에서 제19대 국회의원으로 당선되었고 제18대 대통령 선거에 범야권 단일 후보로 출마했다. 새정치민주연합 당 대표, 더불어민주당 당 대표를 지냈으며 현재 더불어민주당 상임고문으로 있다.

문재인 스토리

1판 1쇄 찍은 날 2017년 2월 10일
1판 1쇄 펴낸 날 2017년 2월 15일

엮은이 함민복·김민정
펴낸이 김완준

펴낸곳 모악

출판등록 2016년 1월 21일 제2016-000004호
주소 전북 전주시 덕진구 기린대로 418 전북일보사 5층 (우)54931
전화 063-276-8601
팩스 063-276-8602
이메일 moakbooks@daum.net

ISBN 979-11-88071-00-5(03810)

* 이 도서의 국립중앙도서관 출판예정도서목록(CIP)은 서지정보유통지원시스템 홈페이지
(http://seoji.nl.go.kr)와 국가자료공동목록시스템(http://www.nl.go.kr/kolisnet)에서
이용하실 수 있습니다.(CIP제어번호: CIP2017002937)

값 13,000원